逆後宮の女帝になれと
強いられまして
稲井田そう
illustration
鈴ノ助
JN221573
novel
スピラ

第一花婿
雨奏（うーしん）
第二花婿
蛍雪（けいせつ）
第三花婿
雷典（らいでん）
第四花婿
勇雲（ゆーうん）

柊焉
軟禁された謎の男
紫苑
女帝に即位した第一皇女

「お願いがあります……
私の、心臓に触れて頂けませんか」

逆後宮の女帝になれと強いられまして
稲井田そう
illustration
鈴ノ助
novel
スピラ

Contents
目次

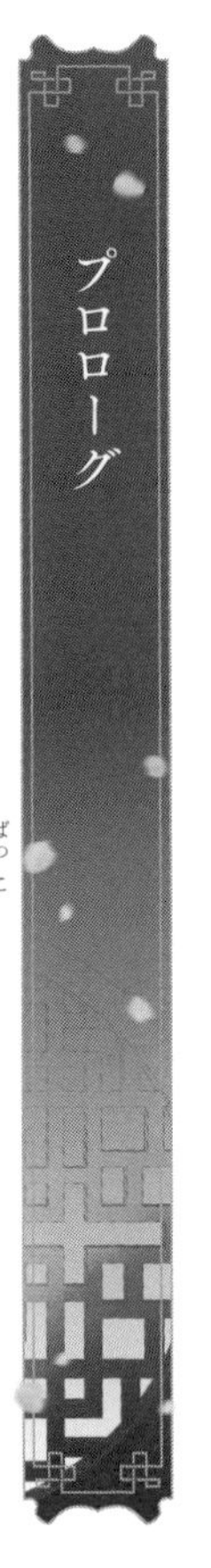

プロローグ

かつてこの地では人を喰らう化け物が跋扈（ばっこ）していた。

闇と共に現れる化け物に対抗すべく、武器を手に取り戦った民が、圧倒的な力の差に為すすべなく絶望に打ちひしがれた時、一人の女が現れた。

女は奇跡のような力をもってして化け物を消し去ると、闇は晴れ、空には虹がかかった。

民を守り虹をもたらした女は、虹女（こうじょ）様と呼ばれ、統率の取れていなかった民をまとめると、化け物により衰退した地の復興に手を尽くし、やがてその地の女帝となった。

ゆえに、化け物亡き今、長い時代を経て、虹女の名が皇女に変わってもなお、奇跡を起こした女の血を代々受け継ぐことが絶対とされている。虹女なくしてこの国の未来は無かったのだから。

神の遣い——神そのものとされた虹女の血を引く皇家の女の言葉こそ道徳であり、その意思は法である。たとえ今代の女帝が、どんな身勝手で、邪悪だとしても。

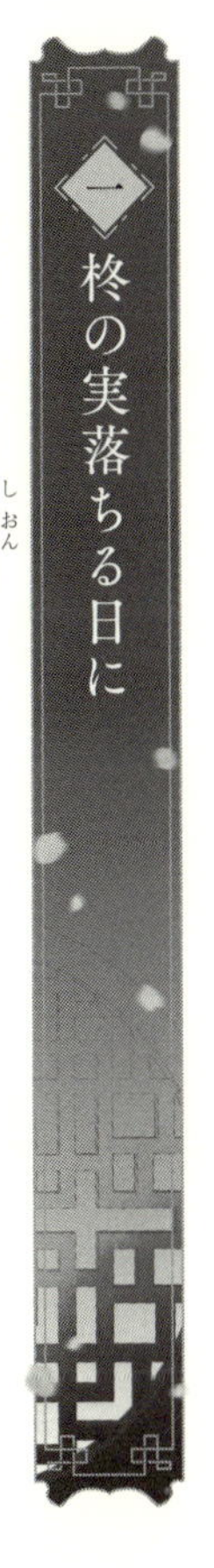

一　柊の実落ちる日に

「こちらが第一皇女の紫苑(しおん)様……」

「二十歳……年齢より幼く見えるな」

虹女が愛した桃の花の装飾が随所に見られる王城の中、大広間に立った私に、この国の宰相や役人たちの視線が集中する。

「静まれ」

居心地の悪さを肌で感じていると、玉座に座る女が周囲のざわめきを断ち切った。

数々の政策により転覆寸前とも噂されたこの国の乱れた政(まつりごと)を正した、この国で最も美しいとされる先代の女帝、愛月(あいげつ)。彼女は二人の娘を生み、末娘である第二皇女美美(みーみー)をひときわ愛し、皇位を譲った。

「貴女の妹、美美が死んでしまった。このままだと皇家の血が絶えてしまう。そんなこと、決してあってはならないことだわ」

玉座に座る女の眼差しは慈母のようだが、その瞳の奥は芯から冷え切っている。

私は衣に潜めている深紅の手帳に触れながら、目の前の女を無言で見返した。

「貴女が今日からこの国の女帝よ。後宮に入り、花婿と契り血を結び、務めを果たしなさい」

私が子供を産めば——それも、皇家を継げる女児を産めば、あの女はすぐさま私を殺す。元々、第一皇女の存在は、第二皇女を溺愛する愛月にとって疎ましいものでしかなかったのだから。

「新しき女帝に婿参りをさせて頂戴。夜伽の準備も速やかにね」

「はっ」

玉座に座る女の言葉に、私の後ろに立っていた女官が返事をして頭を下げる。女はそのまま、こちらを顧みることなく退席し、私は女官に促されるまま後宮へ向かった。


皇家の血は必ず女帝を通し繋げていくのがこの国の鉄則だ。そして皇家の血を繋げるために、叡智に富み容姿や武芸に優れ非の打ち所がない何千という候補者の中から選別された男たちが、尊い女帝の血を繋ぐために花婿として後宮に集められる。

後宮は、広大な敷地を有する王城の一角で、女帝が夜伽の時に使う宮殿を囲むように花婿たちの宮殿が建てられていた。政などを行う表の正殿と区別するため後宮と名付けられたのだ。後宮は女帝の思うまま。煌びやかな宝石を好む女が女帝になれば金銀財宝で飾り付けられ、植物を愛する女が女帝となれば庭園には世界中の植物が植えられるなど、その意向が反映される。花婿たちの宮殿もだ。ある時、自由を愛する女が女帝となり、それぞれの宮殿はそこに住まう花婿が管理せよと一任した。

以降、女帝が変われば後宮の制度も移り変わった。それに伴い事件が起きれば、同じことが繰り返されないよう、新たな規則が出来上がる。たとえば女帝の宮殿は、基本的には宦官という去勢された男と女官しか出入りを許されない。

皇女の父となることを画策する者が、万が一にも女帝を孕ませ、穢れた血が混ざるようなことがあってはならないからだ。

そうして現在に至っているが、変わらないものもある。

女帝から皇位を継いだ皇女は、昼間は政務をこなしながら、夜は血を繋ぐ。それだけは変わらない。

残りの皇女は、女帝に万が一のことがあった時の為に城に留められていたが、皇位を狙い女帝の命を狙う皇女が現れたため、皇位継承者が決まった後、他の皇女は速やかに嫁がせることがならわしとなった。つまり、皇位を継承しなかった皇女も嫁ぎ先が決まるまでは当然国の保護下に置かれる。それが本来の流れだ。しかし、今から十年前、当時九歳であった第二皇女・美美を女帝にすると決めた愛月は、一歳年上の第一皇女・紫苑を廃嫡とし、婚約者をあてがうことなく、皇都を追い出した。発育不良、虚弱、気質等——第一皇女を廃嫡してもおかしくないとされる理由を、積みに積んで。

美美は生まれた時から愛月に寵愛されて育てられていた。まるで、娘は一人しか存在しないかのように。

三年前に女帝に即位した美美は、妖精と賞される容姿と天性の華やかさを持っているが性格は苛烈で、良く言えば自由、悪く言えば我儘で自己中心的。

そんな女帝・美美が死んだ。

湖で眠るように死んでいたそうだが、死因は公にされていない。皇都を離れ開拓の進んでいない土地で暮らしていた私は、急遽、亡き女帝の代わり、皇家の血を引く第一皇女・紫苑として召還された。召還とは名ばかりで拉致に近い。そして先程広間で女帝になり血を繋げと命令されたが、女帝なんて呼び名でしかなく、意味なんてない。私に求められている役割は女帝として国を統治することではなく、さっさと血を繋ぐことだけ。あとは死を待つのみ。愛月の筋書きは、私の産んだ子供を育て、滞りなくこれまでの政治を続けること。それだけなのだから。

　現に、私が今通されているのは、女帝の暮らす正殿ではなく、後宮の中にある、女帝が夜伽の時に使う宮殿だ。案内された場所が子を産め、それ以外のことはするなという愛月の意向を物語っている。

　周囲の女官も、私が愛月の意にそぐわぬ働きをしないか監視するようにこちらを見ている。

　愛月の筋書き通りに契り、子を産めば殺される。対策を立てなければ。女官の反応からして、味方はいない。それどころか、こちらの思惑に勘づかれれば、媚薬でも盛られて無理矢理夜伽をさせられる可能性がある。

　考えていると「陛下！」と、朗らかな声と共に軽やかな足音が聞こえてきた。振り向くと、背が高く太陽を彷彿とさせる晴れやかな印象の女が、後ろでひとつにまとめた長い髪を揺らし、こちらに向かってきていた。

「お目にかかれて光栄です！　陛下の護衛を務めさせていただきます。雹(ひょう)と申します！」

　この宮殿に味方なんていない。そう思った矢先、朗らかさの塊のような人間が飛び出てきた。

　あっけにとられている間にも、雹は笑みを浮かべ「遠路はるばる皇都にお越しくださり、ありがとうございます！」と、大きな声を発する。

「陛下の御戻りを、我ら一同心よりお待ちしておりました！」

いや、待ってないはずだ。ここにいる者たちは長らく、愛月や今は亡き美美に仕えていた女たちだ。新しい女帝の敵になりかねない。

「お待ちしておりました！」

しかし、私の考えに反して女官たちは雹に倣い、恭しく頭を下げた。

「なっ……」

偽りの見えない声音に戸惑う。女官たちは「本当に、本当に紫苑様の御戻りを願っていたのです！」と、涙でも流しそうな勢いだ。

「ど、どういうことでしょうか。貴女たちは美美に長らく仕えていた。主人が亡くなったのですよ、ふ、不敬ではないですか」

「不敬……」

そう言うと、女官たちは大きく目を見開いた。

「とんでもございません！　亡き御方を悪く言うことは道に背いていることです。なれど、私たちの主は紫苑様でございます！　ずっと、ずっと前から！」

「え……」

「紫苑様だけが、この城で私たちを人間扱いしてくださった。皇都を発たれたのが十年前、それより前のことは、きっと覚えていないでしょうが私たちはその恩義、忘れはしません。下人なれど心はある。私たちを家畜と変わらぬ扱いをする美美様や愛月様から、貴女様だけが庇ってくださった。その恩義を返すため、我々はずっと、貴女様の御戻りを待っていたのです！」

女官たちは目に涙を浮かべ私を見つめる。すると、女官と私のやり取りを見ていた雹が、どん、と自身の胸を叩いた。

「私は紫苑様と面識はありませんが、国の最上位の方に仕えられる武人としての喜び、そして自分がその強さに至ったことを、噛みしめております！　初心を忘れず頑張りたいです！」

そう雹が付け足した。面識がないとは思えない距離感に混乱する。そしてその理由があまりに正直でより戸惑った。

「あの、わ、私がいない間、美美はどのようにふるまっていたのですか？」

「お出しした菓子が気に入らなければ、側仕えの顔に湯をかけ罵りました。気に入った男がいれば花婿でなくとも構わぬと、役人下人問わず寝所に招き、飽きたら玩具同然に打ち捨てる。その繰り返しでございます。おそらく……子が出来ぬ焦りもあったのでしょう。残虐な遊びをなさるようになり……ご自身より美しいとお考えになった女官の顔を、縁のある女官に殴らせたり……許嫁のいる役人を呼びつけ、忠誠を誓えるかどうか、許嫁の目の前で夜伽を……少しでも歯向かえば、容赦なく命を奪っておりました。好物の甘味を召し上がっている瞬間だけ、穏やかな様子で……しかし医官が菓子は身体に差し障ると言えば、医官を斬ってしまわれて……」

それまで感情豊かに話をしていた女官から、表情が消えた。

美美は幼き頃から邪悪さを抱えていたようだが、改めるどころか年を重ねるごとに酷くなっていたらしい。

この調子では事故ではなく殺された可能性が高いのではと勘ぐってしまう。

「愛月様はどうなさっていたのですか」

「紫苑様が宮殿を発つ前から、今もなお変わりありません。幼い頃から貴女に軟禁同然の暮らしをさせ、美美様に女帝教育をなさっていた時と同じです。愛月様の御心にございますのは、美美様のみ、美美様に歯向かった者は次々と粛清されました」

女官が苦々しく告げた事実は、お前は母親に全く愛されていないと、真正面から言われたと変わらなかった。しかし、どんなに相手が傷つくと分かっていても、伝えなければいけない真実がある。

「本日は婿参りのみ、しかし明日から夜伽が始まる……陛下は女児を産めば殺されてしまう」

女官が強い覚悟や不安を滲ませながら言った。愛月は女帝の子を欲しても、女帝は欲してない。女児を産めば私は用済み、すぐに殺される。身重になることは自死と変わりない。

そして婿参りを速やかに済ませろと愛月が告げた以上、あれこれ花婿について聞く暇は与えられない。

「後宮に住まう花婿たちの中には、私たちのように美美様から虐げられ、憎悪を燻ぶらせている者もいれば、美美様からの寵愛を受け、紫苑様のことなど考えもせず、身も心も虜となった者もおります。皆について詳しくご説明することは出来ませんが……どうか、お気をつけくださいい、紫苑様……！」

追い立てるように女官が言う。私は焦燥感を覚えながら、部屋を後にした。

婿参りというのは、要するに花婿の宮殿へ女帝が向かい、挨拶をしてまわることだ。美美と夜を共にする為に何千人という候補の中から選ばれた花婿は四人。彼らは偶然にも、雲、雪、雷、雨と実りもたらす自然と切っては切り離せないものをその名に携えている。


第一花婿、雨奏（うーしん）は作物に恵みとなる雨のように、万人に優しく、紳士的。

第二花婿、蛍雪（けいせつ）は冷えた温度で作物に甘みをもたらす雪のように冴えた慧眼を持つ。

第三花婿、雷典（らいでん）は作物の成長を促す雷のような激しさで、人を魅了する。

第四花婿、勇雲（ゆーうん）は日照りや激しい雨から作物を守る雲のように頼もしい。


順番は、女帝の采配次第で変わると聞く。おそらく女官の言っていた寵愛を受けている者たちが、それぞれ第一花婿、第二花婿になっているのだろう。

国民は四人の花婿を、四（よ）つ婿と呼び、羨望の眼差しを向けている。私は女帝という地位だけでなく、花婿たちも美美から受け継ぐことになったのだ。

まずは私の宮殿に近い順に婿参りをすることにした。


「随分ぱっとしない女だな」

民から羨望の眼差しと美美の寵愛を受けていたらしい第二花婿——蛍雪の宮殿に向かうと、彼はなんともふてぶてしい態度で私を迎え入れた。

年齢は私より上だろう。名のごとく雪のような銀髪は、椿油で整えられている。見目にはかなり気を使っているらしい。銀縁の眼鏡から覗く瞳は、灰がかっているがうっすらと青い。全体的に知的な印象だが、高圧的な声音や切れ長の瞳には冷ややかさが滲む。身に纏う雪の意匠の衣は上質で、第二皇女の寵愛を受けていたというのは間違いなさそうだ。

「まぁ、愛月様がお前を後宮の主とするならば、その決定に従うまで。場所はこちらだ」

そう言うと蛍雪は顎で二階を指す。どうやら二階に寝所があるらしい。この態度は美美や愛月への忠誠か、突然現れた田舎育ちの私が気に入らないゆえか、あるいは元からの気質か分からない。そして貴族は、主人が無礼な態度を取られれば従僕や護衛が飛んでくる印象があるが、ここまで案内してくれた私の護衛である雹は別の部屋で待機している。たとえばここで私が蛍雪に組み敷かれたとしても、守ってはもらえない。そもそも部屋の中にいたとしても、私をここに来させた目的は血を繋ぐこと、守ってもらえるかどうか危ういが。

「今日はその為の来訪ではございません。婿参りのご挨拶のみです」

「俺より次期女帝の血を繋ぐに相応しい者はいない。無駄だ。こうしている間にも時間は刻々と流れていく。早く済ませたほうがいいだろう」

「今日は婿参り、顔合わせと挨拶だけ。それ以外の時間はございませんので」

私はすぐに断った。そもそも、物理的な理由であまり長居をしたくない。

後宮内はその環境から閉塞感を感じさせないため、それはそれは広いつくりをしている。女帝の宮殿を囲むように、四つ婿の宮殿が等間隔に並んでいる。その間には、人工の川が流れ、ちょっとした森まであるのだ。それぞれに向かう分には問題ないが、すべてを回るとなると、時間がかかる。

「では」

「婿の宮殿にやってきて、簡単に帰れるとでも思っているのか」

蛍雪は冷ややかな声音で私の顎を掴み無理矢理顔を近づけてきた。

「尊い俺が、わざわざお前に目を向けてやると言っているんだぞ」

自分が受け入れられて当然という傲慢さが感じ取れる、加虐的な笑みだった。

何が正解なのだろう。顔を赤らめ純情ぶること、やめてと涙目で乞うことが不正解なのは分かる。

「尊い存在ならば自分を安売りしないほうが良いのでは？　価値が下がって見える恐れがございます」

拒否をしてもおそらく強引に話を進められる。危険はあれど煽るような返事で相手の調子を崩し、出方をうかがう。大変不本意だが、私は今、愛月にとって皇家の血を繋ぐための道具だ。私との夜伽は許されるが、侮辱や暴力によって心身を傷つけ子を産むことにさわりが出れば、花婿といえど処罰される。

「貴様……！」

蛍雪は怒りを滲ませ私を見返した。

「雪の朝の空気のように冴え、聡明とお伺いしていましたが、事実とは異なっていたようで」

続けると、とうとう蛍雪は私の胸倉を掴むような勢いで手を伸ばしてきた。

――かかった。

私が口角を上げた瞬間、強風が吹き荒れた。

「なっ」

何かが砕け散る音があたり一帯に響くのとほぼ同時に、窓から突風が吹き込み、置いてあった調度品が次々と倒れる。倒れて砕けた壺や花瓶の破片は、すべて吸い寄せられるように蛍雪へ向かった。

「……っ」

蛍雪は俊敏に飛びのいて破片を躱す。

「なんだ今のは……」

彼は怪訝そうに私を見ている。

先程の強風について違和感を覚えているのは、蛍雪だけらしい。この状況の中、夜伽は強行されないだろう。風の吹き込んできた窓に視線を向けると、空は少しずつ橙色を帯びてきていた。

本来なら、もう少し早く婿参りを済ませるつもりだったが、計画が狂ってしまった。

「申し訳ございませんが、そろそろ勇雲様のところにもご挨拶に向かわねばならないので」

「行ったところで、挨拶など出来ない。お前の妹のせいで、宮殿から出られなくなったのだから」

　蛍雪が切り捨てるように言った。

「え……それは、と、閉じ込められているということですか」

「知らないのか？　お前の妹が気持ち悪い、顔を見せるな、不愉快だと罵り、髪を切り落とした」

「髪を？」

「ああ。いくら長い間辺鄙なところで暇を持て余していたとて、男も女も高貴な者にとっては長い髪が正式な髪型だ、ということくらいは覚えているだろう？」

「……まぁ」

　蛍雪は私の髪を一瞥した。女官たちは貴族出身ということで髪を伸ばしてひとつにくっている。雹は後ろに一本で結んでいた。しかし私は、洗うのも乾かすのも手間だと切っている。

「以降、みっともないと、勇雲は宮殿にこもっている」

「貴方も髪を切られたのですか」

「いや、自分で切った。元々、花婿たちにお前の妹から命令があったんだ。長い髪ばかりで見飽きるから髪を切れと。女帝の言葉は絶対。それなのに勇雲は愚かにもそれを守らなかった。そもそも俺の尊さは髪を切ったとて変わりが無い」

　そう話しながら蛍雪はこちらから視線を逸らすと、自身の胸元に触れた。

　視線の先には、桃の花の硝子細工が四つ落ちていた。先程の強風に見舞われ棚から落ちたようだが、欠けている様子はない。しかし、蛍雪は「縁起が悪いな」と呟くと、そのうちのひとつを足で踏み潰し砕いた。

「なんでそんなことを」

「妹と同じで教養がないのか？　四という数字は不吉だ。四と読め、死去の死と同じ響きを持つからな」

蛍雪は会話の途中で、少しだけ探るような目をこちらに向ける。

数字の四が死と同じ響きを持つことで不吉とされるのならば、紫苑という名前もまた、不吉な数字と同じ響きだ。思えば、今まで「し」の音を最初に持つ名前の者と出会ったことがない。

「……市井で貴方方は四つ婿と呼ばれていますよ」

話が脱線する前に、私は話の矛先を蛍雪に向ける。

「数を知らずゆえか。無知は罪だ」

蛍雪は言う。数に意味を持たせる、貴族らしい発想だ。庶民にとって数字は結局、数字でしかない。

しかしここで数字に関して論ずるつもりもない。適当に流そうとしていると、けたたましい足音が響いてきた。

「大丈夫ですか！　紫苑様！　兄様！」

雹が大きな声で部屋に入ってくると、私、そして蛍雪に心配そうな目を交互に向ける。兄様とは……この部屋の中で、男は一人しかいない。

「なんてこと！　この国で最も強い私がついていながら！　一生の不覚！　自然の前では人間など無力ということなのでしょうか！」

部屋の惨状を見た雹は大慌てだ。物腰と比例しない自己評価も気になるところだが、それよりも気になるのは——、

「あの、それより、兄様とは」

「帰れ、お前は縁起が悪い。興が冷めた。お前はこの宮殿に近づくな。夜伽は他をあたれ」

疑問を解消する前に、蛍雪が言う。先程私が煽った時に見せた激情とはまた違った圧を感じる表情だ。

私は彼の言葉に違和感を覚えたまま、蛍雪の宮殿を後にした。

「大変恐れ入りますが……勇雲様は……」

勇雲の宮殿に向かうと、宮殿の中から出てきた背の高い女官が門の前で申し訳なさそうに肩を落とした。蛍雪の言う通り、会う気はないようだ。中に入れてすらもらえない。

「あれ、見ない顔ですが、新入りの方ですか」

そして雹が不思議そうに女官を見た。

「ああ、はい。この間入ったばかりで……」

「名前は？」

「え、えぇ……凛凛（りんりん）と申します」

食い気味の雹に女官は戸惑っている。

先程蛍雪の宮殿では、武官や女官に対して「お疲れ様です！」と元気に挨拶していたけれど、全方位に礼儀正しいというより、人間が好きなのだろうか。二人を見ていると、雹が不思議そうにこちらへ振り向いた。

「どうされましたか？」

「雹は、人と接するのが好きなのですね」

「はい！　現在は紫苑様が後宮の主ですから、その紫苑様に直属でお仕えしている私が、後宮勤めの役人の中で一番上になります！　武官の使命として後宮内の人間はもとより、紫苑様に関わる可能性がある貴族の顔も家も来歴もすべて覚えていることは当然のこと！　自分より下の人間もしっかり把握して、覚えておかなくては！」

ちょっと怖い理由だった。何も間違ってないけど、見下す悪意はなく「下の人間」と大きい声で言える価値観に不安を覚える。それは凜凜も同じなのか、どこか怯えるような顔をして、「それでは」と言って宮殿の中へ戻っていった。

それにしても、何かがひっかかる。この、雹が自分の地位の高さにこだわる感じと、先程の蛍雪への「兄様」という言葉、あれは――、

「あの、先程蛍雪様に――」

雹に問いかけたのと、同時だった。

「ちょおおおおおおっと待ったあああああああ！」

しかし、獣のような速さで何かがこちらに突っ込んでくる。雹は一度はさっと私の前に立ったが、すぐにどいた。驚いている間に、突っ込んでくる「それ」は池に飛び込むようにして私に向かって跳躍すると、そのまま抱き着いてきた。ぎゅうぎゅうと、それこそ怯えた幼子が母に抱き着くような体勢になってやっと相手が人間だと分かった。その腕の力が尋常ではない。雹は私をただ見るばかりだ。

「あの、な、なぜどいたのですか」

雹は確かに先程までは守ってくれようとしていた気がするし、なにより彼女は私の護衛なのだから即座に裏切るとも考えづらい。

「花婿様との触れ合いを邪魔するのは職務違反です」

だから雹は道をあけたのか。

と、そんなことより……。

「俺から来てやったぞ新しき女帝よ！」

私に抱き着く男は、無垢ではつらつとした眼差しを私に向ける。歳は……十代後半くらいだろうか。雰囲気や話し方が幼いこともあり、実年齢が分かりづらい。髪は猫の毛のようにふわふわで、耳下あたりまでの長さのやや淡い色の髪が頬をくすぐってくる。私を抱きしめる両腕は、しなやかな筋肉に覆われ、鍛えているのがはっきりと分かった。でも、それが分かってしまう状況に、複雑な気持ちになる。

なぜなら半裸だからだ。

下は雷の柄を組み合わせた意匠だ。蛍雪は雪の意匠、花婿で雷柄なら、おそらく彼が――、

「雷典様」

「ああ！　そうとも！　さあ抱け！　お前の寝所に連れていけ！　俺を次の女帝の父にしろ！」

からっと晴れた太陽を思わせる笑顔に眩暈を覚える。

一人目、自称尊い。

二人目、謁見拒否。

三人目、さあ抱け半裸男。

花婿は選りすぐりの人材を集めたのではなかったのか？　この後宮にはろくな人間がいないんじゃないか？　ここは世俗に適合出来なかった人間の捨て場ではないのか？　何千人を勝ち抜いた変人を集めたのか。

そんな私の憂鬱な気持ちと数々の疑問を押し隠し、「まずは、服を着てきてください」と雷典を振り切った。

いよいよ婿参りの最後を迎え、私はようやくまともそうな人間と相対することとなった。

「私で……四人目でしょうか？　雷典にはもう？」

「ここに来る途中で抱き着かれました」

「それはそれは。災難でしたね」

側仕えに頼ることなくお茶を淹れ、こちらへ微笑みかけるのは、第一花婿の雨奏だ。年齢はお

そらく四つ婿の中で最年長だろう。とはいえ、二十代の半ばには至っていない。柔和な印象で、その前が酷かったからかとても落ち着いて見える。淡い茶色の髪は、触れずとも指どおりがいいことが分かる。

「それに、妹君のことも……」

雨奏は視線を落とす。今現在私がいるのは雨奏の宮殿の客間だが、蛍雪の宮殿の内装よりも豪華で、貴重とされる金で作った置物まである。美美から寵愛を受けていたことが、良く分かる。

前帝、美美は皇都を出ていった自分の姉について雨奏にどう伝えていたのだろう。気に入らない姉だった、もしくは母親に愛されなかった哀れな姉か、関心などなく一切話をしていないか、善人を気取り憐れんだか。

「弔いに浸れる暇もなく、お疲れでしょう。どうぞ」

そして雨奏はお茶を勧める。杯に注がれたお茶には五弁の花が浮かべられている。同じように、部屋には硝子の器に水がはられ、色とりどりの花が浮かべられていた。

「落花（らっか）ですか」

鳥に啄まれて落ちた花や、枯れかけた花を水に浮かべると、長持ちする。花をなるべく長く楽しむための手法だ。

「落花……？　花手水のことですね」

私の視線の先をたどった雨奏は、やや戸惑ったように答える。皇都の呼び方とは異なるらしい。

「難しい状況ですが、陛下がお戻りになられた祝いとして、桃の花のお茶を」

「ありがとうございます」

私は礼を言い、窓の外に視線を移した。桃の木が花を咲かせている。後宮の中、いや、この国には至る所に、桃の木が植えられている。実も花も、皇家の祖先である虹女が好んでいたことから、邪気を祓い晴れを呼ぶ縁起物とされている。私が暮らしていたところにも沢山の桃の木があり、実りの時期には貴重な食料だった。私はしばらくして、雨奏に視線を戻す。

「貴方様も、同じではないですか」

私がそう言うと、雨奏は「え」と言って少しだけ調子を崩した。

「美美が、世を離れてしまって」

寵愛を受けていたならば、その主人の死は災難と言うほかない。ましてや恋慕の気持ちを伴うのならばなおさらだ。そして彼は、その姉と契ることを強いられている。

「きっと、桃源郷で楽しく過ごしていらっしゃることでしょう。いずれ私も同じ場所に向かいます。それまでの、短いお別れです」

ごくわずかに彼の瞳が悲しみに揺れた気がした。

しかし表情を崩したのは一瞬で、雨奏は微笑み返してきた。何を思って言っているのか本当に分からない。

「さようですか」

「お茶はよろしいのですか?」

手つかずのお茶を見て雨奏が訊ねてくる。

「実は、四軒目となると中々厳しく……申し訳ございません」

「こちらこそ気が回らず、すみません」

謝罪する雨奏に私は「いえ」と短く返す。

「……夜伽は、明晩からと聞きます」

やがて雨奏が桃の花を眺めながら切り出してきた。

「はい」

「貴女には貴女の暮らしがあったはずなのに、妹君の突然の死と共に、後宮で夜伽をなんて。愛月様のご意向に背く考えとは思いますが、とても……酷なことだと思います。なのでもし、相手を決めていない、夜伽に思うところがあるならば、どうか私をお呼びくださいませ」

「それは、どういう……」

訊ねると、ふわりと白檀の香りがした。いつの間にか雨奏が私の耳元に自らの唇を近づけ、囁く。

「何もしません。裏切りになりますが、私たちは協力し合える」

雨奏は言い終えると、「髪に桃の花びらが」と私の髪に触れた。

夜伽を命じられている以上、誰かを宮殿に招かなくてはいけない。つまり、夜伽をしない相手を寝所に呼べば、私はひとまず難を逃れられる。

「……ありがとうございます」

私は礼を言う。雨奏は穏やかに微笑み返した。

「今日は長々と話をしてしまい、すみません。いい時間をありがとうございました」

「こちらこそありがとうございます。またお話ししましょう。我々や貴女様の務めも重々理解はしておりますから」

「ぜひ」

私は口角を上げ雨奏を残して部屋を出た。

「陛下、此度の婿参り、お疲れ様でございます！」

雹は出立の時と変わらぬ調子で声をかけてくる。婿参りの最中は、邪魔をしないようにと部屋の外で待機していたが、待つほうも疲れる。「そちらこそ」と返せば「とんでもありません！」と首を横に振った。

「本日は愛月様のご意向とはいえ、かなりご負担があったことと存じますが、あとは明日の夜伽をする花婿をお一人お選びいただく以外は、お好きなようにお過ごしいただき問題が無いと聞いておりますので」

花婿の宮殿を出て、誰かに話を聞かれる心配がなくなったからか、雹は簡単に言うが、その肝心な婿選びが大問題なのだ。私は雹から視線を逸らし、雨奏の宮殿を振り返る。

彼がすすめてきたお茶は催淫作用のある薬草が混ざっていた。町の裏路地で取引されるようなものだ。貧しい者が作り売るようなものだから、同じ貴族相手なら分からないと踏んだのだろう。

雨奏はまともだ。だからこそ、謀る。信用出来ない。

明日の夜伽、勇雲には会えなかったので、自称尊い男とさあ抱け半裸男の実質二択だ。

「……あの、質問があるのですが」

私は雹に問いかけた。

「どうぞ?」

「先程蛍雪様を兄様と呼んでいたように思うのですが、もしかしてご関係が……」

「はい! 蛍雪は私の兄です」

雹は大きく頷いた。やはり兄妹だったらしい。ならば、私が誰かを選ぶとするなら、雹は兄を望むのだろうか。正直、自称尊い男とさあ抱けならば、自称尊い男が僅差で安全な気も……。

「とはいえ、蛍雪を夜伽に招いてほしいとは、思っていません! 寝所に誰を招くかは、陛下のご意向がすべてです! 陛下が他の誰かをお選びになった場合、蛍雪が選ばれるに値しなかった男というだけ、実力不足なので! それに私自身、努力と実力に伴い陛下の護衛を務めるに至りましたので、蛍雪もそうあるべきでしょう!」

「なるほど」

特殊な家族関係しか知らないが、そういう在り方もあるらしい。

「でも、どうしてそんなに恐る恐る質問なさったのですか?」

「ど、どういうことですか?」

質問を質問で返した形だが、本当に意味が分からなかった。

「だって、蛍雪と雹です。親子に限らず兄弟姉妹の名前は文字や音を同じにするか、関連する意味を持たせるものでしょう? 私と蛍雪は二人とも雪に関わる名前ですし。たいていの方は名乗ってすぐ、はっきり兄妹かと聞いてくるので、なぜ陛下が武官である私にそこまで慎重にお聞きになるのか、不思議で」

「あぁ……」

私は曖昧に誤魔化す。血の繋がりに伴い、縁ある名をつける。そういえば聞いたことがあった。完全に忘れていた。

「私は家族と離れて暮らして久しいので、家族のことは、中々踏み込みづらく」

「なるほど、そういうものなのですね」

話をしながら女帝の宮殿に戻る。雹はそれまでのんびりした調子で相槌を打っていたが、宮殿に戻ってきてすぐ、さっと表情を変えた。

「……陛下、私から絶対に離れないでください。危険な気配があります。複数の死者、外には罠の危険も。屋内のほうが、戦いやすい。私から離れず」

雹が小声で話しながら、腰に携えていた刀を抜いた。

武官でもない私でも分かるほどの、血の匂い。それが、宮殿に充満している。

雹を先頭に廊下を進んでいくと、やがて真っ赤に染まった大広間に辿り着いた。元々、この国では紅色が最も尊い色とされている。しかし、こんな色が尊いはずもない。なぜなら――、

「これは一体どういうことですか……！」

雹が叫ぶ。大広間の中心には、愛月と共にいた護衛の男たちが返り血にまみれた状態で立っていた。周囲では宦官たちが布にくるんだ何かを――誰かの死体を運んでいる。

いくら愛月の護衛とはいえ、花婿以外の男が女帝の宮殿にいるのはただごとではない。

「……女官たちが陛下に不適切な対応をしていたと報告がございましたので。全員始末いたしました」

本当に殺したのか？　第一皇女の帰りを待っていたと言ってくれた彼女たちを？

私は呆然とするしかなかったが、そんな私に護衛の男がさらに追い打ちをかける。

「明日から新しい者たちを手配します。今夜はご不便をおかけいたしますが、本日の夜伽に支障が出ないようにいたしますので」

「本日？　夜伽は明日とお聞きしていますが」

雹が問う。

「愛月様より、婿参りが終わったのならば本日はそのまま夜伽に移行の旨、仰せつかっております」

当然のように護衛たちが言い放った。この宮殿の女官たちは第一皇女を歓迎した。同時に——私に身の危険を知らせた。それは、愛月や今は亡き美美、国の意向に背くこと。そしてそれを誰かが愛月に報告し——愛月の護衛は己の任を果たした。当然のことだ。しかし、服の裾で隠した拳に力が籠る。

「陛下、今宵は誰とお過ごしになるか、日が沈む前にお決めください」

護衛たちは、逃げ場を断ずるようにそう告げると、宮殿を出ていった。

外へと目を向ける。風にのせられた梅の花びらがはらはらと舞い、夕日をかすめている。

この状況でさえなければ夢のように美しい光景だけれど、のんびりと眺めている場合ではない。私が今日誰かを選ばなければ、誰かがまた見せしめに殺されるかもしれない。たとえば、雹。しかし状況だけで言えば、雹は愛月に女官について密告した可能性が最も高い。けれど今は犯人捜しをしている暇はない。

夜伽について当初強引な姿勢だった蛍雪、宮殿から一歩も出てこない勇雲、迫ってくる雷典、催淫作用のある飲み物を勧めてくる雨奏、誰も選びたくないが、選ばなければいけないからだ。

なのに、何か大切なことを見落としている気がして、そしてその答えが梅に隠されている気がして、私はじっと梅の花を眺める。やがて黒い鴉が飛んできて枝にとまると、花を啄んだ。蜜があるのだろうか。ややあって、ひとつの花がほろりと首を落とした。花弁を一枚千切られて、四つになってしまっている。四が不吉な数字。貴族の常識と平民の常識は異なると言うが、不吉だからと言って置物まで砕くなんて。愛月が女官を皆殺しにさせたように、命の重さの感覚も、異なっているのだろうか。

そこまで考えて、はっとした。

「まだ、一人いる」

私は部屋の周囲に愛月の護衛がいないか確認してから、一人で考えたいことがあると雹に退出を命じると、窓から外に出て宮殿を後にした。

おぼろげな記憶を頼りに川の流れにそって、木々に身を移すように走っていく。無心で駆けていれば、梅の木々の果てに、煉瓦を積み上げただけの塔が見えてきた。

「やはり……」

三階ほどの高さで、宮殿にはとても見えない。しかし門の左右には、ほかの婿が住まう宮殿と同じように、武官が守りを固めていた。

塔を守る武官たちは私に気付くと、武器を構えることはしないまでも、顔を見合わせ警戒している。私は意を決して、二人に声をかけた。

「突然の来訪、申し訳ございません。このたびはこちらへ住まう花婿様にご挨拶へ伺いました」

「陛下、大変恐れ入りますが、我らの主からも愛月様からも、何も申しつけられておりません」

武官の一人が即答した。陛下と言っている以上、私が新しい女帝と認識したうえでの発言だ。さらに愛月の名を口にはしたものの、自らの主が誰であるか、遠回しに主張している。

「私は自らの考えで、ここに来ました」

偽りはない。そう伝えると、武官たちは静かに私を見返した。そして一人が門を開き中へ入っていく。まだ、私は入ることは許されていない。残った武官は私を監視するように立っている。

「我らの主から許可が下りました。どうぞこちらへ」

ややあって、武官が戻ってきてそう言った。促されるまま、私は建物の中へ足を踏み入れる。

蠟燭の炎が揺らめく螺旋上の階段を下りていく。

石造りの場所は足音が大きく反響して、今自分がどれほど地下に潜っているのか、惑わそうとしているみたいだ。

階段を下りてしばらく歩くと、それはそれは大きな扉が現れた。

扉は見るからに重そうで、実際、先導していた武官の男は自分の体重をかけ手こずりながら扉を押し開いていく。

開いた隙間からぶわりと冷ややかな風が吹き出して、私は重く甘い白檀の香りに包まれた。

やがて視界に入ったのは広々とした一室だった。ただし、その部屋は鉄格子の中にあった。今見ているものが、とても後宮内の景色とは思えない。牢獄だ。鉄格子の向こうの壁は本棚で埋め尽くされ、文机と上等な箪笥がひとつ。中の灯りは組木細工の行燈と——月光だ。地下のはずなのになぜ月明かりが届くのか。不思議に思えば、牢の中の一部が吹き抜けになっていて、その天上、遥か高い場所に窓が設けられている。

「新しい女帝様ですか」

月光の届かぬ部屋の隅から声がすると、闇の中から生まれたように、牢の奥から細身の男が現れた。私より四、五歳年上なのは間違いないだろう。金でも銀でもなく、虹色に輝く糸で刺繍があしらわれた黒の衣装は、目を凝らさずとも上質なものだと分かった。深夜を彷彿とさせる漆黒の髪を靡(なび)かせこちらに顔を向ける男は、生身の人間かと疑うほど完璧な容姿だ。

「私の名前は……」

「どうして——私の存在を?」

「え」

月明かりを思わせるような、暗い光を宿した瞳が私を射抜く。名乗ることすら許されず、一瞬ひるんでしまった。質問を続ける男の緋色の唇が弧を描く。

「誰でも、命を惜しむ。私の存在を貴女に告げる者はいない」

笑みを含む声音から、男は質問によってこちらを試し、この状況を楽しんでいるとはっきり分かった。そして、私はこの男の協力を得て、今夜を乗り切らなければいけないのだということも。

「死と同じ音を持つ数字の四は忌むべき数と聞きました。そして縁起物として、この国では桃の花が多用されています」

桃の花弁は五つ。

「わざわざ忌むべき数字で女帝の婿を揃えるとは考えづらい。梅になぞらえ五人、花婿を揃えているほうが自然だ」

私がそう言うと、男は首をかしげた。

「それだけの理由ですか」

「この場所に来る前に、私は蛍雪様の宮殿に向かいました。街で自分たちが四つ婿と呼ばれていることを知ると、彼はこう言った――数を知らずゆえか。無知は罪だな、と」

高慢な声音を思い出す。無知は罪と言うならば、数を知らずゆえではなく「ものを知らぬゆえ」になるだろう。しかし彼は数と言った。

「誰しも過ちは犯します。人とは、そういうものです」

男はきっと、蛍雪が言い間違いをした可能性について指摘している。

「勇雲様、蛍雪様、雷典様と出会い、私は最後のつもりで、雨奏様へ会いに行きました。彼は四人目ですか、と聞いてきましたよ」

「ああ、蝶のよく似合う男ですか」

「四人しかいないなら、最後ですかと聞いてくるはずです。言い間違いが連続した可能性もありますが。一方で、私に不適切な対応をしたとして先程女官たちが愛月様のご命令で皆殺しにされました。そんな愛月様が、不適切な言い間違いをするような男で皇家の血を繋ごうとするとは思えない」

人は命を喰らって生きている以上、殺されても文句は言えない。当然のことだ。私はそういう価値観の世界で育ってきた。しかし、女官が殺されることは、当然とは言い難い。

「それに、四は忌むべき数字と聞きました。ですから花婿は四人ではなく、五人と考えるのが自然」

「なるほど」

男は静かに呟いた。何を考えているかは分からないが、私は話を進める。

「貴方は花婿なのに存在を隠されている。その理由は、正直分かりません。貴方と私が結ばれることが愛月様の本意ではないのか、それともただ単に、ほかの花婿と契らせたいのか、何も分からない。しかし真相がどうであれ、貴方は、今、ここに生きて存在しています。気に入らない人間をすぐ殺す愛月様のもとで生きている。だから愛月様の脅威であろう貴方が私の味方になってくれる可能性に賭け、私はここに来ました」

それに、たとえ私がこの場所に来たことが愛月の耳に入ったとしても、女官たちのように命を奪われることはないだろう。

そんな思惑を含んだ私の言葉を聞くと、男の涼やかな瞳が弧を描いた。

「ずいぶんな買いかぶりだ。単に花婿として相応しくないから幽閉されているだけかもしれない。そもそも、私が貴女に協力をする理由は？」

「ここに来るまでの間に、少しだけ考えました」

「ふふ」

男は笑う。まるで品定めをするような目で。私は女帝としてここに来たつもりだが、彼の眼差しは絶対的な強者が被食者へ向けるものだ。

「貴方が花婿として相応しくない、取るに足りない存在ならば、愛月様は貴女を殺している。造作もなくです」

愛月は女官が私に余計なことを話したと知ったその日のうちに処分をした。しかしこの男は生きている。

さらに権力者が誰かをわざわざ幽閉するということは、その存在自体が脅威でありながら処分出来ない特別なものだからだろう。

「貴方がここに存在していることが、皮肉にも貴方の正当性を証明しています」

私は男を見返しながら、一歩前に進む。

「今宵、私と過ごして頂けますか」

「これまた随分と大胆な誘いを」

「私は誰とも契りたくありません」

「それで私を頼りに？」

男は一度視線を下げた後、こちらへゆっくりと歩いてきたかと思えば、鉄格子越しに私の髪にそっと触れた。

「貴女の目的がどうであれ、私は、貴女を孕ませられる」

直接的な表現だが、たじろぐことはしなかった。きっと、私を試しているのだ。煽るような言葉を選んでいる。この男はそれが出来る。

「書棚の本は、その持ち主の人柄をあらわす」

私は彼の背後を指さした。生きるのに精一杯で、ろくな教育を受けていない私には詳しくは分からないが、彼の背後にある蔵書の数々はどれも教養のある人間が読むようなものだ。地理、歴史、解剖学、毒薬についての書物もあるようだ。

幽閉されている人間に与える本としては不適切なものも含まれている。

「一概には言えませんが、この蔵書を。この場所へ持ち込むにも、後宮内に協力者が必要なのでは？」

天井と床についている、線。普段この本棚は、板か何かで隠しているのだ。でも私がここを訪れても、彼は本を隠さなかった。誰かが秘密裏に皇家の内情を彼に伝え、私が敵にならない、もしくはその可能性が低いと伝えたのではないだろうか。そして、私が彼の蔵書や暮らしを咎めるか見定めるために、本を隠すことをしなかった。

　だから私も隠すことなく自分の考えを伝えることにした。

「ここからは私の憶測ですが、貴方の周囲が、貴方の現在の状況を是としているのなら、私は立ち入りを許されない。私に何かを期待して……貴方の状況に変化をもたらす可能性があると判断された、そう、思っています」

「確かに、何の根拠もない憶測に過ぎない考えですね。でも、そのわりに自信がおありのようだ」

「……女官が一瞬で殺されるような状況下で、貴方を支援している。生きるために必要のない本をわざわざ差し入れるほど貴方を想っている者がいる。つまらぬことをする人間に、そういった忠誠は向けられない。絶対に」

「そうでしょうか？　単に美美様のお眼鏡にかなわず幽閉されているだけかもしれませんよ。出世を狙い、恥ずべき行いをしたつまらない人間かもしれない」

　そう言って、男が鉄格子の間から手を伸ばして私の手首を摑んだ。勢いこそあったものの、握り方は柔らかい。

「ただ出世を望むならば、こんな面倒なやり取りはせずに、私との夜伽を快諾するはずでしょう」

　私は手を握られたまま男を見返す。

消去法であれ、この男は外れではないと、私の直感が訴える。長い沈黙が訪れ、ふっと部屋の空気が変わった。「ふふ、ふふふふふふ」と、不気味な笑い声が牢に響いたかと思えば、男は私から手を離す。

「柊焉」

そしてそう呟いた。

「柊焉？」

「貴女と朝日を拝む、男の名前です。どうぞ、柊焉とお呼びくださいませ、私の主様」

男は――柊焉は私の手を握り直す。月明かりに照らされたその瞳は、どこか怪しく煌めいていた。


寝台の上、柊焉の隣で月を眺める。

私は女帝の名のもと、鍵を開けさせて牢の中に入ったのだ。

とはいえ何もしていない。隣で横になっているだけだ。愛月の監視の可能性があるため、誰かが部屋を覗いたとしても、仲睦まじく見えるよう距離を調整しているが、お互いの肌に触れることも触れられることもない。柊焉は肌を見る気も見せる気もないのか、寝衣のままだったため、私もそうした。

「ひとつお訊きしてもよろしいでしょうか？」

甘く囁くように柊焉が呟く。内容は私にしか聞き取れないだろう。

「どうぞ」

「貴女は、私のもとへ一人でやってきた。なれど、貴女には豪雪の御嬢様とはいえ、腕の立つ護衛がいるでしょう？」

豪雪の御嬢様、雹のことだろうか。

「窓を開けて、そこから」

柊焉は「窓？」と取り乱すような声を発した。隣を見ると、彼は分かりやすく目を丸くしている。

声色も淡々としたものから、気安いものに変わっていた。

「窓を開けて、それからどうなさったのですか」

「壁の彫刻を伝って一階に下り、そのまま宮殿を抜け出しました。彫刻をした職人には申し訳ないことですが、利用させて頂きました」

女官が殺された怒りのまま、窓のひとつでも壊して出て行こうかと思ったけれど、感情のまま動いたところで得るものなど何もない。窓を開け、壁の装飾伝いに脱走した。表の正殿ほどではないにせよ、宮殿と名付けられているだけあって、外壁にも見事な装飾が施され、足場に恵まれていたから助かった。

「どこでそのような技術を」

「皇都から出され、食料を調達する過程で」

「具体的には」

「茸の収穫です。平地で毒のないものはすでに動物が食べているので、急斜面で採取する必要がありました」

「なるほど、まぁ……国の常識は異国の非常識とも言いますから」

柊焉はくすくす笑っている。

この笑い方に、かつて見た面影がちらついた。この男は、腹の底が読めない。だからか、あれこれこの男について考えるうちに、いつも通りでいられない感覚に陥る。そして油断出来私は調子を崩されないよう、視線を逸らした。

「はい、人は常識に囚われ生きていますが、時にそこから外れる必要も、出てくると思っています」

私は呟く。

「さようですか。貴女の今後の活躍が楽しみです」

柊焉は返す。

今後の活躍。

言葉通りの意味か、それとも、私の破滅か。彼が関心を抱いたのはどちらだろう。

翌朝、私は恐々と女帝の宮殿へ戻った。私の目論見に協力してくれるかもと、一縷の望みをかけて柊焉を頼った。

柊焉は昨夜のうちに、自分が夜伽の相手に選ばれたことを、武官を使って愛月に報告させていた。愛月からは、特に何の反応もなかったので、柊焉は夜伽の相手として認められたということだろうか。

今更ながらに不安になってきた。ましてや勝手に宮殿を抜け出した。昨日の危機は脱したがその結果今日の危機を招いた気がする。いや、完全にそうだ。

「私との夜がご満足頂けなかったのでしょうか」

同行している柊焉が首をかしげた。背後には柊焉の護衛の武官もいるというのに、あまりにも直接的な言葉に驚いていれば、こちらに近づいてくる足音が聞こえてくる。雹だ。

「陛下！」

「雹……」

「陛下が、しゅ、柊焉様と夜伽をなさったとお伺いし、どうかご無事でとお祈り申し上げ――しっ柊焉様っ！」

柊焉とのことは、雹の耳にも入っているらしい。

雹は柊焉の姿をとらえ、愕然とした顔をした。

「あの、ご無事でというのは」

私は、雹が何をそんなに心配しているのか分からず、疑問をそのまま口にする。

「柊焉様は美美様の花婿ではありましたが、なぜか紫苑様の花婿からは外すよう、愛月様からご命令があったのです」

「私の花婿からは外す……」

「はい。ゆえにご紹介出来ず……。しかし、昨夜遅く、愛月様からの伝令がございまして、柊焉様を花婿に戻すようにと……」

私は恐る恐る柊焉を見る。彼は私の頭に次々と浮かぶ疑問符を見据えたように笑った。一体彼は、愛月にどのような報告をしたのだろうか。

「公に出来ませんが、特殊なのです。私の出自は」

「地下にいたのはなぜですか」

「不愉快なものは視界に入れたくないのでしょう。でも、貴方のおかげで、どうやら自由の身になれたようです昨夜は素晴らしい夜伽の時間をありがとうございました」

わざとらしいほど、甘い響きだった。

それを聞いた雹が頰を赤らめた気がした。

私は、変人を避けるべく、初めての夜伽の男として柊焉を選んだ。しかし――とんでもない男を選んでしまったのかもしれない。

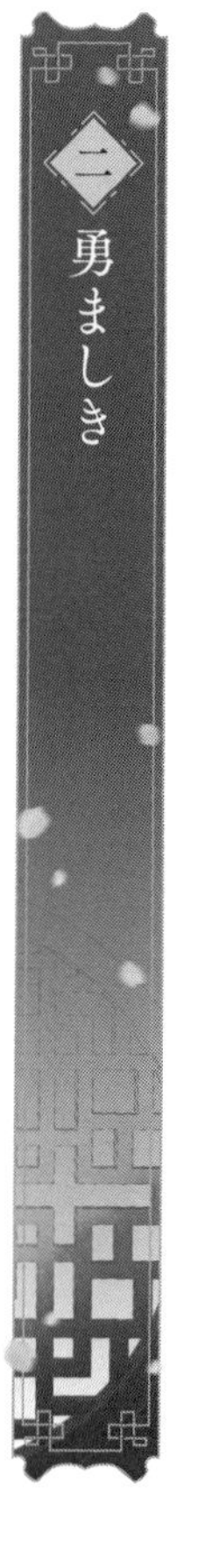

二　勇ましき

柊焉と夜伽の真似事を行い、ひとまず目の前の危機を脱した私を待ち受けていたのは、女帝就任にあたっての儀式の数々だった。まず第一皇女として皇都に戻った帰還の儀を行ってから即位の儀。それから新たなる女帝としての披露の儀、新たなる女帝の繁栄を古の虹女へ願う儀など、きりがない。とはいえ前帝の美美が死んだばかりで、派手な祝いをすべきではないという愛月の意向があるらしく、最低限の体裁を保つため、これでも相当減らしたらしい。第二皇女が女帝になった時の儀式の数たるや、と想像するものの、私は祝いの儀なんてものに興味はない。

そして儀式の場は国内の要人――つまるところ愛月をはじめ、彼女の協力者や支援者、国内の有力貴族、勢ぞろいという最悪な場でしかなく、気が抜けない状況だった。雹曰く婿は参加するのが基本らしいが、勇雲は欠席、なんらかの事情を抱え愛月と距離のある柊焉に関しては、みな彼の存在に触れすらしない。第二皇女であった美美の死によって第一皇女が女帝に就任するという異常事態に加え、婿二人が欠席、うち一人はおそらく参加拒否、もう一人は先々帝の意向によるものという、異常事態の大重複だ。

そうした混乱の中、後宮の中に私が女帝に就任したことへ憤りを感じる人間がいるらしい。

「こんな酷いことを……どうして！」

宮殿内に雹の悲痛な声が響く。朝餉の時間になり、運ばれてきた食事を見て雹が嘆いているのだ。献立は、豆腐と豚ひき肉を香辛料で炒めた物と白米、胡麻餡の蒸し饅頭だ。とても酷い食事とは思えない。

「ひとつしか献立を用意しない！　ありえない！　女帝様のお食事を何だと思っているのか！」

しかしどうやら後宮内では、この食事の内容は嫌がらせに該当するらしかった。

「挙句の果てに！　おかずをのせて白米を汚すだなんて！　戦場ですらありえぬ所業！」

先程からずっと、雹は憤っている。皇族の正しい食事を知らない私にはよく分からないけれど、雹曰く、目の前の食事の内容は明らかに異常事態らしい。

ただそう言われても実感がわかない。今までは、魚を釣らなければ魚を食べられず、野菜も日照りや水害で育たなければ食べられない日々だった。当然身体を悪くし、働けない間は何も食べられない。その為、日ごろから食料を保存していたけれど、保存にも限度がある。飢え死にと隣り合わせの日々だったから、一日に三度、必ず白米が食べられるというこの状況が酷いとはとても思えない。

その一方で、柊焉の、国の常識は異国の非常識、という言葉を思い出す。どうやらここでは、「食べきれない量の食事を出す」ということが当たり前らしい。むしろ、食べきれる量しか出さなかった場合は、食事が足りなかった、すなわち料理人の不手際とされるらしかった。食事を残すことに抵抗のある私は、昨日までの食べきれないほどの食事は辛かった。両腕で輪を作ったくらいの大きさの皿に、山のように盛られた炒め物、蒸し物、煮物が並んでいたのだ。食べきれない分はどうするのか聞けば傷むので捨てると言われ、死に物狂いで食事をしていた。そのため今朝の食事量はありがたいが、雹からすればこの食事内容は明らかに私に対する嫌がらせであるそうだ。雹は早速料理人を問い詰めたようだが、料理人は昨夜のうちに女官が来て、女帝様の命令で明日の朝食の量を減らすよう言われたと、答えたそうだ。しかし、そんな伝言をした女官はいないと言う。

「先日も夜伽の服がすり替えられていたばかりなのに！」

そして、雹の考える嫌がらせは、食事以外にもあった。

儀礼を消化する慌ただしい日々の中でも、夜伽の義務は発生していた。

柊焉は儀式に呼ばれないものの私が夜伽に呼ぶことは咎められず、ずっと柊焉を部屋に招いていたけれど、夜伽の時に纏う寝衣が、ある夜から厚手の素材に替わっていた。今までの寝衣は薄くやや透け、身体にぴったりと沿うようなもので、脱がしやすく、いわば夜伽の為のもの。

最近の寝衣は、動きづらく脱ぎづらい一方、眠る時に温かいものにすり替わっていた。

夜伽の義務を果たしたくない私としてはこちらも大変ありがたいが、夜伽を成功させて私に次の女帝を産ませることが最大の任務である雹からすれば、寝衣が薄手から厚手になるだけでも大問題であり、とんでもない嫌がらせらしい。

「それにこんなに忌々しい花の置物まで置かれているではないですか！」

どん、と雹が机に何かを置いた。銀で出来た花の置物だ。高く売れるだろう。

「柊(ひいらぎ)のどこが忌々しいのでしょうか」

柊は、尖った葉を持つ植物だ。この棘を獣は嫌うため、住処や田畑のそばに植えて、守ってもらう。魔除けの象徴との認識だが、皇都――そして後宮では異なるのだろうか。

「柊ですよ！　冬に咲き、寒さに凍える人々を甘い香りで惑わし、鋭い棘で人を傷つけ、古の虹女様をも痛めつけたという悪しき植物です！」

「はぁ……でも、銀で出来ています」

金には劣るらしいが、銀は高く売れる。私やあともう一人、同じくらいの量を食べる女がいても、一生何も困らず暮らせるくらいの価値がある。

ゆえにこんなものを部屋に無防備に置いていれば、庶民の家なら瞬く間に盗賊に押し入られ、惨殺されるだろうが、後宮にはそういうものが至るところにある。不用心だなと思う反面、生活の違いを思い知る。

「こんな酷い嫌がらせを、女帝様に行うなんて！」

雹は怒りを露わにしているが、嫌がらせをするならば、食事の量を減らすとか、服をすり替えるとか、縁起の悪い花の置物を置くとかではなく、毒花そのものを置くなど分かりやすいことをするのでは、と他人事のように感じてしまう。現にこうして、食事や衣服、私の部屋に干渉出来ているのに、それらしいことをしないわけだし。

それとも、殺すまでには至らないが、適度に苦しんでほしい……とか。

「私は決めました」

それまで声を荒らげていた雹が、静かになった。

「どうしましたか」

「私が犯人を捜します」

「え」

「私は、陛下の身の安全をお守りすることを命じられました。愛月様から命じられた仕事は、いわゆる外部からの襲撃に備えよというものです。なので、たとえば陛下が悪口を言われた場合、私は耐えなくてはいけません。言い返している隙に、陛下が賊に襲われることなどあってはならないからです。命じられたこと以外、してはならない。だから毒見役が死んでいない。衣装に毒針が仕込まれていないか確認する女官も死んでいない。おまけに置物に関しても、部屋を調べる役人が死んでいないので、女帝様を護衛する任務を与えられた私は表立って調べることが出来ませんでしたが――」


相変わらず雹が怖い。誰かが死んでからでないと動かないこと、それを当然としている雹が。ただ後宮の中を見ていると、それが当然の認識のようだ。あと、おそらくだが雹の考えとしては「護衛は襲ってきた人間から対象を守る」という認識が強いようだが、おそらく不審人物の調査も護衛に入っていると思う。命令の解釈や認識が多分、違う。


とはいえ食事は私にとってありがたい状態になっているわけだから、別にこのままで――。

「これらの所業はいずれ襲撃に繋がるものと見なし、直ちに犯人を見つけ出して斬ります」

駄目だ。雹より先に見つけて嫌がらせをやめさせないといけない。私は雹の意識を別の方向に向けることにした。

「あの、私が脱走をして柊焉様の宮殿へ向かっても、お咎めがなく……」

一人で宮殿を抜け出し柊焉を連れ帰った時、雹から注意を受けるかと思っていた。しかし彼女は、「護衛の任についておきながら、見失ってしまうとは」と、自分を責めはしたが、柊焉に対しては何も言わなかった。

「襲撃された時にお守りし、無事にお世継ぎが生まれるようにするのが私の役目。陛下を見失ったとはいえ、花婿のところへ夜伽に行かれていたわけですから、結果的には問題ありませんでした。身の回りのお世話をするのは女官たちの仕事ですし、襲撃が起きない以上、私は正直、することがないのです」

「……私が一人の時に襲撃される可能性は？」

「あ」

雹はハッとした。今更気付いたらしい。

「そういった場合はどうすべきか、愛月様の判断を仰がなければ」

「いえ、一切伝えないでください」

目を離したと伝えれば、雹は処分される可能性がある。雹は愛月の手の者かもしれないとはいえ、そうなれば気分が悪い。それに愛月の護衛に女官が殺された時、彼女も複雑そうにしていた。

「あの、雹は女官の処分についてはいかがお考えで」

「愛月様のご判断に、私の考えなど不要です」

「ならば今回の嫌がらせの件も愛月様のご判断が無い中で勝手に斬ってはいけないのでは」

「当然です。そのため、命じられてはおりませんが、危険があるかもしれないと報告を行い、判断を仰いでから斬ります」

やはり雹は愛月に絶対的な忠誠を誓っているようだが、それをこんなにも露骨に出していいのだろうか。もう少し、そういったことを隠し……それこそ雨奏のように「協力者になれる」と言いつつ催淫作用のあるお茶を出すとか、そういう裏工作のようなことをする気はない……?

「あの、殺された女官たちについて愛月様に伝えたのは雹ではないのですか」

「女官がどのような勤務態度であるかを伝えることは、命じられておりませんので」

雹が分からない。忠実なのかそうではないのか。ただひとつ言えることは、このままだと間違いなく嫌がらせをした犯人が殺されるということだ。

「雹、私と一緒に犯人を捜しましょう」

「え?」

「愛月様は現在美美の喪に服しているご様子。そして私は後宮に来て間もない。問題を一人で解決し、民にきちんと女帝として相応しい能力を見せなくてはなりません」

適当に愛月の名前を出し、それっぽく振る舞う。正直に言えば、民にどう思われようと構わない。威光を見せつけ崇められたいと思ったことなんて、一度もない。ただ、人の命がかかっている。私に嫌がらせをしてきているようだけど。命を奪うほどのこととは思えない。

「承知しました」

雹はかしこまる。私は早速、調査を開始することにした。

愛月の意向に背いた女官は皆殺しにされた。その事実を、宮殿の外の人間は知らないらしい。儀式の時、役人たちは私についている女官を見て、「新しい女帝就任にあたって、女官も入れ替えをしたらしい」なんて話をしていた。

そして愛月の望みは、私が皇家の血を繋ぐこと。今、女帝の宮殿で働く人間は、その望みを叶えるために、愛月が用意したいわば傀儡。愛月は私が夜伽をすることを望んでいるわけだから、その邪魔をするはずがない。だとすると、犯人は宮殿に自由に出入り出来る外の人間。

よって私は、侵入経路がどこなのか、宮殿に怪しい人物が近づかないか見張ることにした。

「犯人はまだ嫌がらせを続けますかね……」

「まぁ、出てこない可能性もありますよ。ただこういうことは、待つしかない」

私は雹と共に物陰に隠れながら言う。

犯人はあれから毎日のように何かしらの嫌がらせをしている。五日ほどこうして待ち伏せしていたら、いやでも相まみえるだろう。もし嫌がらせの現場を取り押さえることが出来れば、その場で注意をすればいい。雹の憤りを見せれば、脅しにもなるだろう。

「でも、良いのですか？　陛下が直々に見張りなんて……それも、私はともかく陛下が女官の服をお召しになるなんて……」

雹は複雑そうだ。女帝や武官の衣装を着たまま見張りをするのはあまりに目立つため、雹に女官の服を用意してもらった。彼女は「肌をいためてしまうのでは」と心配しているが、私の肌はそんなにやわじゃない。

物陰で息を潜めていると、荒っぽい声が聞こえてきた。

「なあに貴方、見かけない顔ね、新入り？　こんなところで油売って何様のつもり！」

「あっ」

女官が、細身の宦官の腕を摑んでいる。長い前髪で顔が半分隠れているが、彼は掃除夫だろうか。女官が腕を摑む力が強かったのか手を離し、カラン、と音をたて持っていた箒が地面に転がった。

あんな乱暴にしなくたって。思わず立ち上がろうとすると、雹が「陛下、犯人を見張るのでしょう」と慌てて止めにかかる。

今出ていけば、見張っていることがばれてしまう。

そのまま犯人を見つけられなくなるかもしれない。上げた腰をいったん下ろそうとすると――、

「す、すみません……ごめんなさい」

掃除夫が弱々しく謝罪する。しかし、女官はその振る舞いが気に入らなかったのか、「なあに」と見下すような声を発した。

「なよなよして気持ち悪い男ね！　だからそんな、男のくせに掃除なんて仕事しか与えられないのよ。顔も醜いのかしら？　だから隠しているの？」

そう言って、女官が掃除夫の前髪へ手を伸ばそうとする。

「おい、お前」

私は思わず立ち上がり、女官の元へ向かっていく。

「今この男になんて言った」

「え……」

女官は突然現れた私に驚き、先程の威勢を失っていた。

「なよなよして気持ち悪い男……なよなよすることが気持ち悪いのか、この男の振る舞いがお前の生き死にに関わるのか」

「男たるもの、堂々と振る舞うべきよ、力なきひ弱な人間は国を守れないもの！」

「国を守る……力で？」

「ええ、当然！　他国に戦争を仕掛けられたら、戦わなくてはならないもの」

「そうなったら、お前は戦わないのか」

私は女官に問う。彼女は「戦うわけないじゃない！　女だもの。戦うのは男の義務」と言い切った。

「なのに、掃除なんて女でも出来る、あってもなくてもいいようなことで給金を貰うなんて、泥棒と変わりないわ」

「あってもなくてもいい、なるほど、ただの無知か」

「あ？」

「王城の外――皇都の外では、不衛生な環境が原因で病が流行り、人が死ぬ。特別なことじゃない。王城でそういった病が流行っていたら、掃除が必要無いなんて言えない。そんな病の恐ろしさを知らぬお前が今こうして無事でいられるのは、掃除を仕事とする人間が、この場を綺麗に保っているからだ」

貧しい環境では、掃除に気を配れない。生活に余裕がないからだ。働いて食べて寝るのがやっとだ。そして、不浄により招かれた病で、死に至る。命にかかわらずとも、皮膚がただれて苦痛を伴う場合もある。掃除夫が顔を隠しているのは、そういったことが起因している可能性が高い。掃除は、不浄と隣り合わせだ。

「死や苦しみは、戦だけに伴うものではない。お前の想像よりずっと、沢山身近に存在しているぞ」

「陛下、これ以上は目立ちすぎますので……」

そこまで言うと、隣にいた雹が声をかけてきた。

「陛下……⁉」

女官の顔色がみるみる悪くなる。ああ、どうしたものか。これでは自らの権力を誇示し、圧政を強いた美美と変わらない。最悪だ。

「なんたる非礼を……」

女官は膝を地につける。私は女官の服を借りて変装していたから、普通に女官の一人として接していたのだろう。彼女の態度はどうでもいい。問題は彼女の掃除夫への言葉だ。

「先程のような人を差別するような物言いはやめてください。人を守り、人を助ける仕事に優劣はない。それだけご理解頂ければ。それに、貴方が非礼な振る舞いをしていたのは、私ではないでしょう」

掃除夫に視線を向けると、彼は戸惑いの表情を浮かべた。女官は女帝に謝意は見せても、掃除夫には謝る気はないのか、黙ったままだ。

「もういいです、下がってください」

「陛下……」

「速やかにここから立ち去るのであれば、処分はしません」

女官と掃除夫を残し、何か諍いがあってもそれはそれで面倒だ。女官はややあって、こちらに頭を下げると去って行く。私は女官の姿が見えなくなったのを確認して、立ち去ろうとした。

「あ、あの」

しかし、掃除夫が引き止めてきた。

「なにか」

「先程は、助けていただき、ありがとうございました」

「助けていません」

「助けていたではないですか」

掃除夫の言葉を否定すると、即座に雹が驚いた顔をした。

「女官の考えが不快だった。私は、自分が不快な言葉を、ねじ伏せようとしたに過ぎませんので」

人を助けるということはもっと綺麗で、崇高なものだ。私が今したこととは、違う。

そして犯人捜しもあるし、私はこの場から早く去りたい。しかし、掃除夫は「それでも」と重ねる。

「ありがとうございました」

どう返事をしていいか迷う。すると、雹が「見ない顔ですね」と、掃除夫をじっくりと眺めた。

あまりに不躾な対応に「雹」と注意をするが、彼女はやめない。

「私、この国の貴族の顔は、きちんと覚えているのです。陛下のご尊顔は……皇都の外で暮らしていたために、存じ上げませんでしたが……貴方、お名前は」

「あ、積乱と申します。平民の出、です」

積乱は自分をじろじろと見る雹に戸惑いながら口にする。

「なるほど、平民なのですね！　どうりで私が知らないわけです！　立派だぁ……試験を受けたのですか」

雹は感心するそぶりを見せた。試験とは一体なんのことだろう。

「試験？」

「後宮で仕え働く者は基本的に行儀見習いを兼ねた貴族の子女です！　ただし平民でも、座学に教養、算術など難度の高い試験を受け合格すれば、道は拓かれるのです！　とはいえ、平民は学びの機会が限られているので、努力の果てに夢かなわず、諦める者のほうがずっと多いと聞いたことがあります」

平民は学びの機会が限られる。そうだろうなと思う。食べるのもやっとで働く中、書物を開く暇はない。だが、同時に愛月の残酷さに恐怖を覚えた。皆殺しにされた女官も、貴族。貴族が自分の娘を殺されたならば黙っていないだろうが、それすら愛月はねじ伏せられるということだ。

「あの……」

雹の説明を受けていると、おずおずと積乱が話しかけてきた。

「どうして陛下はあんなところに……？」

積乱は遠慮がちに言う。私が茂みの中から出てきたからだ。不思議に思っても仕方ない。

「ああ、丁度良かった！　今、陛下と共に、陛下に仇を為す、抹殺対象者を捜していたのです！」

返事を迷っていると雹が怖いことを言う。抹殺など絶対しない。

「抹殺対象？」

「はい！　陛下に嫌がらせを行う国賊です！　どんな些細なことでも構いません、変わったことや、なにか気付いたことはありませんか？」

一方の雹は私の代わりに、はきはきと積乱に問いかけた。選ぶ言葉が全部怖い。積乱も怯えている。

「いや……ありませんが……あの、助けていただいたお礼に、ぼ、僕もお手伝いしてもよろしいでしょうか……その、犯人捜し」

「ぜひ！」

雹は勝手に話を進める。

「雹‼」

「本来犯人を見つけ出すのは、私ども役人の仕事です。陛下が直々になさることではありません！」

「でも雹は殺そうとするではないですか」

「当然ではないですか！　陛下への嫌がらせですよ！　不敬罪で処刑されてしかるべきです」

「いや……私はまだ、女帝となり間もないですし、よく思わない者がいるのも当然でしょう。まぁ、不愉快だからと何をしてもいいわけではありませんが、少なくとも、私は雹が嫌がらせと判断しているものについて、特に不快には思っていません」

「陛下……」

国にとってどんなに不敬で悪しきものとされる嫌がらせでも、私自身は、どうでもいい。

「では、犯人が見つかったらどうなさるのですか」

雹が不満そうに訊ねてくる。

「理由を聞きます。それと、もうしないようにと注意だけ」

「いいのですか、そんなにも甘い処分で」

積乱が問う。やはり後宮の常識と、私の価値観はかなり異なるようだ。

「はい」

それでも、譲れない。

人が死ぬのは好きじゃない。

それから、私、雹、そして積乱の三人で犯人捜しを再開した。

「現れませんね……」

雹が焦燥の滲んだ表情でじっとあたりを見渡す。

現場を見張り、聞き込みをする。地道な作業だが、嫌がらせは度々行われていた。待てば必ず犯人は見つかるだろうし、こちらに勘づいて嫌がらせをやめれば、大事にならずに済む。

しかし、雹、積乱の考えは異なっている。特に雹は、犯人の処分を望んでいた。

「苦痛ではございませんか、こうして、来るかどうかも分からぬ犯人を待ち続けるということは」

積乱が聞いてくる。

「いえ」

私が困るのは、こちらに勘づいた犯人が、もう後は無いと考え行動を過激化させること、出来ればそれだけは避けたい。

「なにかご意向が？」

今度は雹が問いかけてくる。犯人が捕まらなければいいなんて言えず、私は視線を逸らした。

「育てていた作物を、獣に全部食べられたので、もう獣を食べてしまうかと待っていたことがあります。なので待つことは、苦痛になりません」

食事は自分で用意していた。食材を手に入れるところから、料理を作るのも、すべて自分で。山には人間よりも大きな熊がいる。山菜を採ろうとして山に入り命を取られる人間も多い。だから自分で畑を耕し野菜を育て、川で魚を釣る。その繰り返しだ。でも、自然はままならない。山菜や木の実が採れず山から下りてきた獣に、畑を荒らされることも多々あったし、魚もいつも釣れるわけではない。

「美味しかったですか、獣」

雹は先程と同じ調子で問いかけてきた。彼女は強者なのだろう。獣を狩った前提で話をしている。

「食べてません」

「美味しくなかったのですか」

「いえ、現れた獣は痩せこけ、食べるところも無かった。だから結局、逃がして終わりです。弱肉強食、奪わなければ奪われるとはいえ――争いは疲れる。生きていくのでやっとです」

だから、食事の量を減らされたとはいえ、犯人を憎めない。食べるものに毒を混ぜたりしているわけじゃないから。ただ量を減らすだけだし、生きていくうえで必要なことは十分事足りているから。

贅沢を、羨ましくは思う。でも自分がその贅沢に見合う人間かは微妙なところで、なおかつ贅沢に振り回され、人生を狂わされるのは御免だ。生きていれば、ずっと贅沢を享受出来るとは限らない。栄華より、慎ましくても永劫の安定を望む。

「……貧しい暮らしを、なさっていたのですか」

積乱の表情が暗い。平民の暮らしも皇都から離れれば離れるほど、豊かさからも離れて行く。

彼は平民と言っていたが、皇都、もしくは近い場所で暮らしていたのかもしれない。正直に話をしすぎた。

「私は恵まれているほうです。身体は丈夫ですし、今に至るまで死ぬこともなかった」

この後宮の中で飢え死にすることはないだろう。一方で、女官をいともたやすく殺す愛月の影響下にある。

だから犯人には、見つからないでほしい。愛月には絶対に。


夜には柊焉を宮殿に招かなければ、愛月が何をするか分からない。必然的に昼間の時間の大半を見張りに費やすことになったが、成果は得られなかった。

「変装をして聞き込みをするにしても、女装、男装をしてというのは……」

女官の化粧を顔に施し、装いもまたそれに倣った積乱が、複雑そうに言う。

事の起こりは数刻前にさかのぼる。張り込みでは進展が無いことで聞き込みをしようという話になったが、私は曲がりなりにも女帝であり、雹は女帝つきの護衛、不審人物がいないか聞いても、警戒されたり萎縮されたりと、いい結果を得られなかった。すると雹が、「ならば変装をしましょう」と、提案し、積乱が女装、私と雹が男装することになった。

「仕方ないでしょう！　あんなに残忍な嫌がらせをする犯人を野放しにするわけにはいきません！　一刻も早く犯人を捕まえなくては、陛下の身になにがあるか――――！」

雹が言うが、私は食事の量を減らされただけだ。しかし雹は「飢え死に――――つまり殺意を示しているのです」「食事を減らす、栄養を減らす、つまり内臓を減らすということです。臓器を失わせるぞ、という意味かもしれない」と言うが、どんな理論か全く理解出来ないし、私はそういう発想に至る雹のほうが怖い。

「しかし、何か不思議な気がするのですよね……」

雹が積乱をじっと見つめる。

「何がですか」

私は雹に問う。

「積乱の女装姿は、どこか違和感を覚えるのです」

「それは、私にこの装いが似合っていないからでは……」

積乱は自らの衣装をつまんだり離したりして、視線を落とす。そんな彼に対して、雹は「当然でしょう」と返した。

「いくら宦官とはいえ、男に女の衣装は似合いません。逆もしかりです」

「で、ですよね」

積乱が相槌を打ち、「当然のことです」と、まるで自分に言い聞かせるように繰り返す。

「陛下も、そう思いますよね」

積乱は同意を求めてきた。私は二人の意見に賛同しかねて沈黙を選ぶ。すると積乱も雹も、不思議そうに首をかしげた。

「陛下?」

「いや、男の服も女の服も、服は服なので、着られれば、別にどうでも。私の寝衣が分厚くなっていたことを雹は嫌がらせだと言いましたが、私からすれば寒さがしのげてありがたいです。なので、どちらかというと私は、服に華やかさを求めるほうが、不思議に思います」

冬の寒さをしのげるならば、なんでもいい。しかし私の答えが不本意だったのか、積乱は「でも、女装をするなんて男らしくないでしょう?」と、聞いてきた。

「男らしい、女らしい、積乱に突っかかっていた女官も言っていましたが、それはそんなに重要なことなのですか?」

後宮の価値観なのか皇都の価値観なのか、いまいち良く分からない。

問いかけに雹と積乱の二人が顔を見合わせる。

「男らしくないから駄目、女らしくないから駄目という考えも、価値観のひとつだろうと思います。でも、正直、どうでもいいです。男が女の装いが似合おうと、好きであろうと、いいだろうと思いますよ。服が選べるのなら、選べばいい。仕立て屋は儲かる」

「陛下は、男女の区別をなさらないということですか?」

雹が首をかしげる。

「いや、いや、区別はしますよ。男と女がいるからこそ、子供が生まれるわけですから。でも、男らしいこと、女らしいことが良いことで、逆に男らしくない、女らしくないことが悪いという話の繋がりが、見えない」

「繋がり?」

「男らしくないから嫌いという考えがあるならば、男らしくないからあの男の人が好き、でも、いいでしょう？　男女という生物上の違いがあることと、男らしさ、女らしさは関係ない。衣装の価値観も、何もかも。華やかさを求める人間がいれば、機能を求める人間もいる、それでいいのではないかと」

生まれも育ちも何もかも違うのだ。私の価値観を、雹や積乱と共有することは難しい。積乱の強張った表情で、なんとなく、そう思った。

変装までした調査は、不発に終わった。後宮で働く人間たちの自然な意見は聞けたものの、そのどれもが「不審な人物は見かけない」というもの。怪しい人物は見られないとのことだった。

その晩も、私は柊焉を部屋に招いた。毒にまつわる書物を隠しもしない男を招くのも問題だが、残る候補は、自称尊い、謁見拒否、さあ抱け、美美の寵愛を受けていた花婿……愛月の手前、誰かを選ばなくてはいけないので仕方ない。

「嫌がらせをされているとお聞きしましたが、随分と元気そうですね」

初めて会った日に門を守っていた武官たちを伴い宮殿に現れた柊焉は、にこやかにそう言った。

「どうしてそれを」

「貴女に興味があるので、調べさせました」

その言葉を受け、私は彼のそばに控える武官たちを見る。

「ならば犯人についてもお心当たりが？」

「あると思いますか？」

「……話す気が無いのなら、結構です」

「なぜ諦めてしまうのです？」

「知らないか、知っていても答える気が無いか、でしょう？　話す気があるのなら、おそらく貴方は最初から言っている」

しつこく問いかけ、機嫌を損ねるのも悪手だろう。最初の夜伽以来、柊焉は夜伽に限って自身の宮殿の外に出ることを許されたが、それ以外の時間は相変わらず牢獄の中で過ごしているという。それでも、他者を用いて私の状況を把握出来る人脈や能力を持っているのだから。

「貴女はこちらの想像出来ない返事ばかりしてくださる。私を退屈させないため、色々なことを考えていらっしゃるのですか」

「寝首をかかれないようにとは」

正直、貴方も貴方で想像出来ないことばかり返してくるじゃないか、と言いたい。言わないけど。

「ふふふ、閨（ねや）を共にしている仲なのに」

武官の手前、言い返せない。柊焉を見返すと、くすくす、くすくすと子供が笑うように笑っている。しばらくして、彼は護衛の武官たちを下がらせる。

武官たちが部屋から出ていくと、私たちは寝台の上に並んで横になった。

もちろん、形だけで何もしない。

「どうしましょうか、貴女に嫌がらせをする者の処遇は。私が対処いたしましょうか？」

隣に横になった柊焉が、ふっと真顔になって言う。

「いりません」

この男は謎が多すぎる。夜伽以外の貸し借りを作りたくない。

「どうしてです」

「そもそも、そこまで犯人を捜したいわけではないのですよ」

「食事を減らされ、縁起の悪いものを置かれ、衣服に干渉されても？」

直球な質問だ。

そこまで知られているならば、なおさら夜伽以外の貸し借りを作りたくない。

見返りに何を求められるか、分かったものではない。

「私はそれらのことに嫌悪を抱いていません。食事は餓死しない程度であればいい、置物は不要ならば売れる、夜伽は……お察しの通りです。それに夜はまだ冷える。脱ぎづらいくらいが丁度いい、それに――そこまでのことが出来るなら、すでに私を殺している。なのにそうしない理由のほうが、嫌がらせよりずっと、私は気になります」

「さようですか、ふふふ」

私の返答に、変わらず柊焉は笑うばかりだ。

「でも、人の恨みは恐ろしいものです。どんな人間も、簡単に鬼に変えてしまう。理性を奪い、道徳を奪い、恨みなしでは生きていけなくしてしまう――その身、心ごと、すり替わる」

彼は警告じみた声音で言うと、じっと私を見据える。暗闇を背にする彼の言葉の真意は、分からない。

夜伽の時間を終え、柊焉は帰っていった。夜を過ごす時だけ呼びつけ、あとは閉じ込める。酷い所業に思うが、彼の住まいの調度品の類を見ていると、そうした軟禁生活を満喫しているようにも思い、そのままにしている。

でも彼の処遇については、迷いがある。犯人捜しが片付いたら、もう少しまともな居に住まいを移せないか、愛月に聞いてもいいかもしれない。

でも、愛月は許すだろうか。

私は彼と愛月の関係を知らない。余計なことを嗅ぎ回って誰かが殺されても困る。花婿は五人もいるが、夜伽の相手は柊焉しか選んでいない。そのことで愛月から注意を受ける気配もない。なにか愛月から指摘があるまでは、柊焉を呼び続ける。そう考えていた矢先のこと、いつも通り三人で犯人捜しをしていると、雹が言った。

「あの、陛下は柊焉様を夜伽に招かれていると伺いましたが、他の花婿様は、お気に召さないのでしょうか」

雹は明るい調子で訊ねてくる。愛月に命じられて探りを入れてきているのかどうかは、分からない。

「なぜ?」

「後宮では寵愛を受けすぎた婿は、毒殺されるなど命を狙われやすい、という歴史があります。それ故、前の女帝様も、一人を寵愛してその方が狙われないようにと、雨奏様、蛍雪様お二人を寝所に招いておられました。ですから、陛下は何かご事情がおありなのかと、少々気がかりに」

「え……そうなのですか」

積乱が驚いている。二人の反応からするに、柊焉だけを招き続けることは、あまりいいことではなさそうだ。あの男がみすみす殺されるとも思えないが、一応、誰か他の婿を呼びつけるふりくらいはしておいたほうがいいかもしれない。

しかし、さあ抱け雷典、自称尊い蛍雪、催淫剤入りのお茶を出す雨奏、三者三様、どれも選びたくない。

「ならば、私は勇雲様を招きます」

「えっ」

積乱が驚く。

「というか、柊焉様……は、どんな方なのでしょうか」

積乱は柊焉が地下にいること以外何も知らないようだ。柊焉と夜伽を行うと言った時、雹はそのまま受け入れていたし、愛月はあの男を良く思っていないのに、飼い殺しのようにしているのは、一体どういうことなのだろう。

すると、雹は「さぁ」と首を傾げた。

「私が知っているのは、美美様亡き後、柊焉様に地下で暮らすよう命じたのは愛月様で、ゆえに柊焉様が世俗からはやや離れた暮らしをなさっていることくらいですね」

「こちらも……同じです。ああ、美美様の忠臣と一時交流があったと聞きました。菓子の贈り物の相談をされていたとか……話をしたことがありませんが、どこか近寄りがたい」

どうやら、あの男は後宮の中で独特な地位を確立しているようだ。

「あの、陛下……勇雲様でよろしいのですか、夜伽のお相手は……」

積乱が改まった調子で問いかけ、「勇雲様は夜伽に応じないどころか、前の女帝様に最も忌み嫌われた花婿ですよ」と続ける。

「ああ……髪まで切られたとか」

恐ろしい女だと思う。他人の髪を切ることも、切ろうと思う発想に至ることも何もかも。

「髪を切られるなんて相当なことをしたはずです。危険ではないですか」

雹も心配そうに訊ねてくる。

「美美が何かされたのであれば、髪を切るのではなく、腕や腹を刺したりしているはずでは？」

「「えっ」」

積乱と雹が同時に声を上げると、信じられないものを見るような視線を向けてきた。私は慌てて付け足す。

「いずれにしても他人の髪を切っていい理由なんてない。頼まれたら、別ですけどね」

自分も髪を切られても構わないのなら、切ればいい。でも美美がそうした覚悟を持って勇雲の髪を切ったかは分からない。死んだ人間のことを知る手段はどこにもない。死ねば終わりだから。

「なので今夜、勇雲様の宮殿へ向かいます」

私は二人に宣言をした。

「あと、雹にひとつお願いが」

「なんでしょう」

「後で言います。その時に叶えてください」

「拝命いたしました」

雹はかしこまった調子で礼をする。あまり難しい願いではないが、殺しかなにかだと誤解されているのでは？　不安に思いつつ、私は遠くに見える勇雲の宮殿を眺めた。

私が勇雲を夜伽の相手に選んだ理由はただひとつ。勇雲は応じないからだ。賭けに近いが挨拶すら拒否するのに夜伽は意気揚々と受け入れる、というのは想像しづらい。

「申し訳ございませんが、勇雲様は……」

そして私の想像通り、勇雲の宮殿に向かうと拒否された。彼に仕えている人間は申し訳なさそうにしているが、こちらは助かっている。勇雲は救世主だ。このまま拒否し続けてほしい。ただ、態度には出せない。

「いえ、ではまた、日を改めます」

私はそう言って、一緒に来ていた雹を伴い勇雲の宮殿を後にする。

これで夜伽をせずに済む。安堵しながら歩いていると、雹が呟いた。

「あの、嫌がらせに関してですが……また、変わりましたよね……」

「そうですね」

あれから、嫌がらせの種類がまた変わった。夜伽の衣がさらに分厚くなったのだ。戦か何かで軍人が着込むような丈夫な素材が用いられ、夜伽では絶対使えないが、夜が冷え込む皇都の外でもぐっすり眠れるような一品にすり替えられていた。

「犯人は陛下を……いえ国を転覆させるつもりなのでは」

雹は深刻そうに言う。私にはありがたいことこの上ないが、やはり、後宮で働く人間からすれば、犯人の行動は悪しきことなのだ。

「雹、追加でもうひとつお願いがあるのですが」

ひとつ目のお願いは勇雲の宮殿に来る途中ですでに伝えてあった。

「はいっ」

「犯人が見つかっても、貴方の判断で手を下すことはないようにお願いします」

「な、なぜです？　この雹！　陛下に仇を為し、国の繁栄の邪魔となる卑劣な犯人の首を必ずや討ちとってお見せします！」

「だからですよ。殺さないでください。誰であっても、どんな事情を抱えていても」

私は言う。雹はしばらく私を見つめた後、「もしかして」とこちらに探るような目を向ける。

「陛下は犯人にお心当たりが？」

「はい。そしておそらく、今夜……嫌がらせがされているでしょうね、宮殿に。私の想像が正しければ、ですけど」

「え……」

何を言っているか分からない、といった様子の雹を背に、私は後の言葉を紡ぐことなく、宮殿へ戻る。嫌な気分だ。罠を仕掛けるのは。

思えば作物を荒らす獣を狩ろうとした時も、こんな気持ちだった。

宮殿に戻ると、案の定、部屋の行燈が破壊されていた。夜伽に使うもので、代々後宮に置かれているものだそうだ。私は壊れた行燈をじっくり眺める。赤い蝶の絵が描かれた行燈だ。蝶の羽はまるで赤い四つ葉に見える——四つ葉はその数字から死を連想するので縁起が悪いはずだが、こういう調度品に使うのはいいのだろうか。

「陛下……犯人を教えてください！　私が今すぐ首を討ちとってまいります！」

遅れて部屋にやってきた雹は、壊された行燈を見るや、いつも携えている剣の握りに手をかけた。顔が赤い、頭に血がのぼっているようだ。

本当に、私と後宮の中の人間では価値観が異なるのだろう。

「結構です」

「なぜです！　犯人は陛下を殺す気かもしれないのですよ」

「殺す気はないですよ」

私は返す。

「なぜそう言い切れるのです！」

「犯人が私を殺す機会は、ずっとあったからですよ」

それこそ、無限にあった。それなのに、その機会は幾度となく、見過ごされていた。


行燈が破壊され一夜明け、私は雹と積乱を自室に招いた。

「陛下の部屋の行燈が破壊されるなんて……」

積乱が驚いたように言う。

「よほどのことです！　なのに陛下は、愛月様に報告するなと私に命じるのです」

雹は我慢ならないのか、声を荒らげている。昨日からずっとこの調子だ。それでも勝手に愛月に報告したり、単独で犯人捜しをして殺したりしないところを見るに、ある程度、私の意思を尊重する気はあるらしい。

「それは、大事にして犯人が新たな行動を起こすことを恐れてですか……？」

積乱が問いかけてくる。

「いえ」

「では、なぜ……」

「殺されてほしくない。私は、犯人の処分を望んでいません。生きるのもやっとの人間もいる世界の中で、誰かを殺すなんて、考えられない」

「陛下」

「雹と一緒に犯人を探していたのは、犯人が勝手に処分されないようにするためです。見つけ次第、もうやめてほしいと伝え、終わらせる。だから、誰かに見つかりさえしなければ、私は犯人のことなんて知りたくなかった。ずっと、ずっと分からないままでいい。嫌がらせをやめて、殺されないでいてくれればいい――それが私の願いです。なので、もうやめて頂けませんか、積乱」

「え――?」

雹が愕然とした表情で、積乱を見る。殺しにかかろうとしなくて良かったと、心の底から安堵する。

「ぼ、僕が犯人と、おっしゃるのですか」

「はい。理由はいくつもあります。変装した聞き込みの結果、怪しい人間はいなかったこと――つまり、外部の侵入者の線は薄い。後宮の内部の人間であれば、何をしていても仕事だと思われる。そして私が貴方に話をした後、嫌がらせに変化が訪れた」

皇都の外にいた頃、獣を逃がしたため肉を食べ損ねた話をすれば、食事が肉に。服に華やかさは求めない、寒さを凌げるのはありがたいという話をすれば、さらに分厚い寝衣に。

もはや、それは嫌がらせとはいえない内容だった。

「ならば、雹さんの可能性もあるのでは」

「この調子で?」

雹は犯人を殺そうとしている。「演技かもしれないですよ」と積乱は言うが、もっと決定的な証拠があるのだ。

「昨夜、私が勇雲様の宮殿に行ったことは、貴方と雹しか知らないんですよ」

勇雲の宮殿に向かうと宣言した時、雹にふたつのお願いをした。犯人を殺さないこと、その前に、私がその日、勇雲の宮殿に向かうことを誰にも話さないことだ。

彼女は「敵襲に備えてでしょうか？」と、一人で納得していたが、実際のところは罠をはるためだった。

そして、計画通り、私が留守の間に嫌がらせが行われた。

私の宮殿で働く人間は、全員愛月の手の者だ。夜伽の推奨はしても、妨害はしない。夜伽に向かった日に嫌がらせをするなんて、愛月の意向に背くような真似はしないはずだ。だからこそ今日、人払いをした自室を集合場所に定めた。

「なぜ嫌がらせなんて……！　陛下に助けられておきながら！」

雹は感情を高ぶらせ、とうとう積乱の胸倉を掴んだ。積乱は口を開こうとしない。

「なぜ何も言わない！　……もしや、あれも、女官に絡まれていたのも陛下に近づくための計算だったのか、積乱！」

「計算なわけないだろうが！」

しかしそれまで黙っていた積乱が怒りを滲ませ反論した。

「知らねえよ、分からなかったんだよ！　こいつが！　あの日突然、俺の前にやってくるなんて

「……！」

積乱は雹の腕を振り払う。勢いで、今まで隠されていた彼の顔が露わになった。何かの事情があり隠していたと考えていたが、痣や傷はない。私と同い年くらいの、青年だ。彼は私を睨むように見るが、その眼はうるんでいる。

「勇雲様……？」

雹が唖然とした顔で積乱を見る。

「え」

彼女は以前貴族の顔と名前は覚えていると言った。つまり花婿である勇雲が、素性と名前を変え、顔を隠し積乱として接触してきた、ということか。

そもそも女帝である私は命を狙われる立場だ。血を繋ぐためだけに後宮に閉じ込めている花婿から恨まれるのもまた当然のこと——しかし積乱が勇雲だとは全く想像していなかった。勇雲はどんな人間か知らないし、関わりもない。

「どうして、貴方は花婿のはずだ、陛下に真心を向けることはあっても、嫌がらせなんて——」

「真心なんて向けられるか！」

雹の悲痛な叫びに積乱——勇雲が怒鳴り、自分の髪に触れる。

「俺は、この女の妹に、気持ち悪いというくだらねえ理由で髪を切られたんだよ！　その後も、ずっとずっと……俺だけならまだしも、俺の宮殿に仕える人間にも当たり散らして！　何人も何人も、酷い目に遭わされた！　ずっとぶっ殺してやりたいって思ってた！」

「勇雲様……」

「でも死んだ！　やっと地獄が終わるかと思えば、今度はその姉が後宮にやってくるなんて話になった！」

勇雲は私を指さす。

「あの地獄へ逆戻りするなんてこと、あってたまるか！　絶対に追い出してやるって――！　なのにお前は、お前は――！」

勇雲は掃除夫として私の宮殿に近づき、嫌がらせを行っていた。おそらくその途中、女官に絡まれた。だから先程、計算なわけないだろうが、と声を荒らげたのかもしれない。

「陛下が勇雲様の髪を切ったのですか？　陛下が勇雲様の女官に当たり散らしたのですか！」

「それは……」

「卑怯者！　嫌がらせをやめるどころか、増長し！　恩を仇で返すような真似を！」

雹がとうとう刀を抜く。私は「やめろ！」と彼女を止めた。

「陛下！」

「やめろ！」

私は勇雲に刀を向ける雹の前に立った。

「殺すな……」

「しかし！」

「私は望まない。望んでない。私の望みは、違う」

私は背後に立つ勇雲を振り返る。

「嫌がらせは、やめてください。こうなる可能性がある。私は貴方の髪を切らないし、貴方の宮殿の人間に、手出しもしない。信じられないでしょうが、私は貴方にも、貴方の宮殿の人間にも、関わらない。夜伽は――こちらの事情があるので、誘うふりはしますが、受けなくて構いません」

そして私は迷った果てに、彼に頭を下げた。

「妹、美美の非礼、女帝としてお詫び申し上げます」

「なっ」

「申し訳ございませんでした」

勇雲はしばし私を見つめた後、何も言わず踵を返す。「勇雲様！」と声を上げる雹が彼を追わないよう、その腕を摑む。

「陛下が謝罪をなさらずとも――しかもあの非礼――」

「申し訳ございません。雹」

去り行く勇雲を睨む雹へ、私は詫びる。

「えっ」

「私は貴女の気持ちを汲めない」

雹には雹の理念があるように、私にも私の、理念があるから。

そんな気分でなくても、夜伽は避けられない。しかしさすがに勇雲の元へは向かえず、柊焉を部屋に招いた。

「勇雲を許したと聞きましたよ」

部屋に入って早々に、彼は新しくなった行燈に触れながら、真意の見えない眼差しで微笑む。

雹と勇雲しか知らないはずのことを、なぜ知っているのか？　やはり侮れない。

「許しは美徳であり、人間関係は水に流すことから始まると言う、美しいです」

言葉だけ聞けば、称賛に思う。表情も明るく声音も弾んでいる。でも、褒められている気がしない。

私は寝台の上で彼を一瞥した後、視線を逸らした。

「今回の嫌がらせは、私にとってはどうでもよかったから許したに過ぎません」

「ああ、前にもおっしゃっていましたね。私としたことが」

柊焉は自分の衣の裾で己の口元を隠す。道化じみた仕草だ。

「……それに私に、美徳はない」

「卑下ですか？」

「そうじゃない。そもそも、すべての許しが美徳なのか疑問です。私だって許さないものは許さない。復讐したいことがあれば復讐をします。私のすべてをもって。そしてその復讐を、誰かに許されたいとは思わない。大切なものを奪われたら、殺してやりたい。私は、そういう人間なので」

柊焉にこんなことを言っていいのか迷う。ただこの男は嘘を見抜くだろうし、そもそも誰も知らないはずの勇雲についての情報を仕入れている。

「許せないものは、許せない。許せるものは許せる。私にはそれだけです」

そこまで話をして顔を上げ、後悔した。どうやら悪手だったらしい。柊焉から笑顔が消えた。

彼は虚無の目で私を見つめている。古井戸の闇をのぞいているような心持ちだ。

「……さようですか」

彼は無表情のまま私に近づき、寝台に上がった。花と白檀の混ざった香りがする。彼はじっと私を見ている。首でも絞められるのか。感情の沸点が分からない。いや、柊焉が衝動的に誰かの首を絞めるとも思えない。動かずにいると彼は「触れても？」と問う。

もしかしたら、愛月の手の者がこちらをのぞいているのでは。

だとすると、柊焉のまとう雰囲気ががらりと変わったことにも納得がいく。

私は黙って頷いた。彼はそっと、私の手に触れる。

「お願いがあります」

抑揚のない声だ。

「なんでしょうか」

「私の、心臓に触れて頂けませんか」

「え……」

心臓に触れろ?

なにか貴族の夜伽の作法なのか。でも、動物の交尾の真似事をさせられるより、二百倍ましな気もする。私は彼の要望に応えるべく、そっと彼の胸のあたりに指を置く。

彼は相変わらず、沼地のような暗い眼で私を見つめている。ずっと。衣服越しに、心臓の鼓動が指の腹に伝わる。彼は生きているのだと思った。動いて喋っているのだから当然だが、どうも神や幽霊を相手にしている気分だったから。

神も幽霊も、この世界にいないはずなのに。

私はその晩、柊焉の気が済むまでそうしていた。

柊焉が勇雲との一件について知っていたのは、彼の情報網のなせる業。そう私は結論付けていたが、彼はあくまでも日陰の身。そうやって、底知れぬ何かを抱えながら地下にいるのは、表の権力者が存在しているから。目の前のことに気を取られ、私はそれを忘れていた。

「愛月様がお呼びです」

夜伽の翌日、嫌がらせのない朝餉を迎えすぐのこと。

愛月からの使者がやってきて、すぐに彼女の宮殿に向かうように言われた。

後宮を出て愛月の宮殿に着いて、広間に通されるとそこには愛月――そして彼女の護衛に取り押さえられた勇雲の姿があった。愛月の護衛は刀を勇雲の首筋にあてている。

「これは、一体」

「名を偽り女帝に不敬を働いた者の処分だ。嫌がらせひとつ対処出来ぬ女帝への教育を兼ねた」

愛月は冷ややかな眼差しで私を見返す。

「対処の必要がないと判断したので」

「後からならば、どうとでも言えよう。それとも、国に背く愚かな花婿の始末すら出来なかったそちらの護衛を処分したいのならば、今すぐその通りにしても構わないが」

愛月は私の後ろに視線を投げた。私の背後に控える雹を見ているのだろう。ここで動揺すれば、愛月は雹を使ってさらなる揺さぶりをかけてくるかもしれない。私は感情を殺し、淡々と返す。

「彼女は国で最も強いとお聞きしますが、愛月様がお望みであれば、どうぞご自由に」

「ふ、可愛げのない娘だ」

可愛いと思ったことも、娘と思ったことも、一度もないだろうに。

雹の刀を奪って一思いに刺してしまいたい衝動を抑えながら、私は勇雲を見る。彼は死を目前に、俯いている。今は、彼の命を優先すべきだ。

「不出来な娘で申し訳ございません。しかしながら愛月様は、誤解をなさっています。そもそも勇雲様の行ったことは、嫌がらせではございません」

「気に留めない、そう言いたいのか？　しかしお前が気に留めぬとて、民はどう思う？　女帝が花婿に嫌がらせされるなど、皇家の威信に関わることだ」

「確かに嫌がらせならばそうでしょう。しかし、私は料理が食べきれず悩んでおりましたし、あの衣での夜伽は寒かった。ゆえに、積乱にどうにかするよう命じました。勇雲様とは知りませんでしたが」

「ならば柊の花の置物もお前の命令か？」

「はい。柊の尖った葉の部分を、獣は嫌います。皇都の中では熊や猪は出ませんが、都を外れれば、熊や猪の脅威が常となります。ゆえに、柊は魔除けや人を守る象徴なので、作って頂きました。しかしまさか、民を守る愛月様がそれを知らぬとは……」

私は言葉を濁した。どうせこの女は皇都の外の暮らしなんか分からないだろう。

「良くしゃべる口だな。ならば行燈は」

「それは私がお伺いしたいです。愛月様」

「……どういう意味だ」

「行燈、装飾は赤い四つ葉でした。四は死を意味するもの、ゆえに破壊を命じました。蛍雪様が忌むべき数字だと自らの部屋にあった置物を壊したことに倣ってです。夜伽をするというのに食事の量は多く、衣は寒く、夜伽に用いる行燈は死を意味する数字――愛月様が私の宮殿の女官を揃えてくださったとお伺いしておりますが、まるで夜伽を邪魔するような行いは、一体、どういうことでしょうか。愛月様が夜伽を望まれないのであれば、そのご意向に従います」

淡々と愛月を問い詰める。愛月からすれば私に子を産ませさっさと子供だけ取り上げて、私を殺したいはずだ。だからこそ、こうして私が被害者として振る舞うことを嫌がるはず。相手の願いや価値観、目的、大切にしているものを知らなければ嫌がらせは出来ない。この女は私の価値観も目的も、大切なものも知らない。

「……勇雲様が夜伽を拒否していたのは、美美を思ってのこと。しかし、一方的に拒否し続け花婿としての責務から逃れていることに、思うところがあった。ゆえに積乱と名を替え、働いていると聞きました。愛月様は、それでもなお、勇雲様の処分を望むのですか」

望むはずがない。愛月は美美を溺愛していたのだから。私の想像通り、愛月は視線を落とした後、護衛に目配せをした。愛月の護衛はすぐに刀を下ろす。

「……こちらにその意向はない」

「承知いたしました。なら——今夜、勇雲様と夜伽をいたします」

こうすれば、さすがに今日勇雲が殺されることは無いだろう。そして私が孕んだか孕んでいないか分からない以上、勇雲に手は出さないはずだ。

前の女帝が不審な死を遂げて間もない今、その花婿まで死んだなんて外聞が悪い。せめて次の女帝が生まれるまでは、皇家の威信に関わるようなことはしたくないはず。

「では、失礼いたします。雹、行きますよ」

私は雹を伴い広間を出る。雹は廊下に出るとすぐに口を開いた。

「陛下、私は愛月様にお伝えは——」

「していないでしょう」

雹が愛月に密告していたのなら、先程の場では、愛月の護衛ではなく雹が勇雲に刀を構えていたはずだ。愛月はそうやって、人を追い詰めることを得意とする。

それに雹は勇雲を卑怯者と罵った。愛月に密告してあいった場で見せしめのように勇雲が処分され、自分が卑怯者のそしりを受けることを望むとは、想像しづらい。

「私はまだ、貴女を良く知りません。でも貴女は正しさを求めているように思います」

私は積乱が女官に絡まれた時、彼を助けたつもりはない。

でも、誰かを助けた人間が裏切られた時、それを怒れる人間が、卑怯な密告をするとは思えない。むしろ裏切りを見抜けなかった責任とその痛みを抱えながら自らを処すことを望む気がする。

価値観は全く違うけど、そういうところは良いなと思う。

「まぁ、私がそう見たいだけかもしれませんが」

私は雹と二人、愛月の宮殿を後にした。


今夜は勇雲と夜伽をすると愛月の前で宣言してしまった。彼は美美への恨みを募らせていたわけだし、そもそも夜伽に前向きならば、嫌がらせも拒否もしない。だからこそ、柊焉より勇雲と夜伽を行うほうがずっと気楽だと思った。懸念があるとするならば、勇雲が夜伽を拒否することだ。

しかし私の懸念は杞憂だったらしい。寝所で待っていると、勇雲が現れた。

「……覚悟は決めてきた、俺は今から、お前を抱く」

彼は意を決した様子で私に近づき、手を伸ばしてくる。

「いや、ふりです。ふり。夜伽はしません」

私はすぐに小声で否定した。勇雲は一体どういうことなのか、意味が分からないといった様子で目を丸くする。

「柊焉との子しか望んでないってことか、それとも俺を……」

「いや、元々、私は夜伽そのものを望んでいません。柊焉様とも、そうしたふりをしているのみです。なので……とりあえず、寝てください」

私は勇雲を寝台に招く。正直、今日はもう寝たい。勇雲は驚いた顔をしながらも、また改めて私を見る。

「その前に」

「はい？」

「数々の非礼、お詫び申し上げる」

そう言って深々と頭を下げた。

「気にしないでください」

私は彼を寝台に呼ぶ。けれど彼はその場から動こうとも、頭を上げようともしない。

「……本当に、気にしていません。食べきれない量の食事も、寒い衣も、私は求めていないものでした。私と貴方は価値観が違う、だから貴方にとって嫌がらせでも、私の受け取り方は違っていた。それがすべてです。なので、もう寝ましょう。今日は色々あったことですし」

そこまで話すと、勇雲は顔を上げた。私はそれ以上、説明するつもりも、勇雲にあれこれ問いただすつもりもなかった。沈黙を続けていると、彼は寝台に上がった。

「また明日」

寝台は薄い布で覆われている。外からは私たちの影しか分からない。だから角度を調整さえすれば、二人、折り重なって映るだろう。

私は勇雲に背中を向けたまま眠りにつこうとすると、勇雲が動いたのか、衣ずれの音がした。

寝返りはうてばうつほどいい。外部から、夜伽をしているように見えるから。

「……どうして、お前の妹に髪を切られたか聞かないのか、俺が、酷いことをして切られたとか、思わないのか」

背後から勇雲が問いかける。

「……美美の髪でも切ったんですか」

「いや」

「したことは、返されるもの。いいことも悪いことも。恩を仇で返す人間は死んだほうがいいし、誰かを殺した人間は殺されても文句は言えない。貴方がそうされた原因が、美美の髪を切ったことが原因でないのなら、もはや彼女が悪しき人間というだけのこと」

「本当に、そう思うのか」

「はい。私は、そう思っています」

「俺がどんな人間であってても?」

「はい」

「何を……好きでも?」

「はい。私は貴方が何者であっても、構わない」

「……俺は、間違えた。あの女の姉なのだからろくな女じゃないと決めつけ酷いことをした。それでもか」

「人は間違う。皆間違えて、皆……駄目だ。だから、貴方だけが駄目じゃないと、思います。正しさなんて、この世界にいる誰も、持ってない」

私は勇雲を振り返ろうか迷い、やめた。そしてそのまま目を閉じる。

悪辣な女帝による被害。あの女は死んだけれど、疎ましく思っていた存在が消えた、だからすっきりした、幸せだと思う人間と、そうではない人間がいるのかもしれない。

『あの地獄へ逆戻りするなんてこと、あってたまるか！　絶対に追い出してやるって――！　なのにお前は、お前は――！』

勇雲は自らの素性を明かした後、そう叫んでいた。嫌がらせの内容は私の会話を受けて変化していった。肉が……食べられなかった話をすれば肉が増えた。寒さの話をすれば、服の布地が厚くなった。死を連想させる不吉な行燈が壊された。

美美への恨みを抱えながら、彼は私に同情したのかもしれない。

だとしたら、非情になり切れない、不器用な人間だと思うし、生きていくのも大変そうだ。

勇雲が、そして彼のような人間が生きやすい世になればいいと願い目を閉じた。

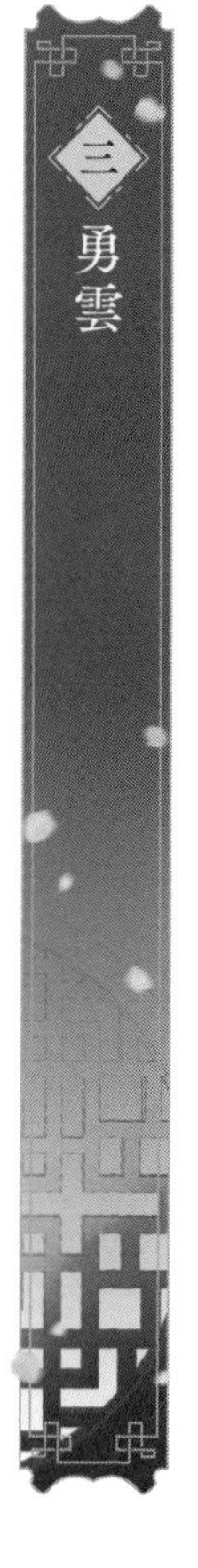

三　勇雲

『──人は間違う。皆間違えて、皆……駄目だ。だから、貴方だけが駄目じゃないと、思います。正しさなんて、この世界にいる誰も、持ってない』

そう呟いて、女帝は俺に背を向け、眠りについた。

夜伽をしなければならない。そう覚悟をしていた俺はほっと安堵する。

──勇雲。

名前には、名付けた者の希望が込められている。俺の場合は、勇ましく在れ。日照りから民を守る雲のようで在れ。俺の家は代々女帝の花婿を輩出していて、俺も生まれた時から花婿になることが決まっていた。この国では、男は身も心も強靭でなくてはいけない。華奢で小柄、非力、稼ぎがないことは許されない。

情けないとされる行動は許されない。少しでも人々の理想から外れれば、「女々しくて男らしくない」「女っぽくて情けない」と言われ、人として扱われない。この国の貴族の家に生まれた者は、物心がつく前から、その絶対の価値観を叩き込まれる。

だから、身体を鍛えた。言葉使いも話す内容も、男として正しいかどうかだけ考えてきた。

そうしないと、自分の本性がばれてしまう気がしたから。

男はこうあるべき。女はこうあるべきという暗黙の「べき」がこの国には存在する。

しかし学びを得る中で心惹かれたのは、料理、裁縫、甘いもの、化粧や華やかな衣装、花、小さくて可愛い動物――女であれば受け入れられるが、男であるという一点で、好むこと自体致命傷になるものだった。

そして、男ならば細かすぎると言われる気遣いも女ならば褒められ、男は辛いことがあっても決して泣いてはいけないと言われるのに、女は可愛いと許され、男ならば「なよなよしている」と言われる華奢な体は女ならば美徳とされることが、羨ましかった。

それらを強いられることが、本意でない女がいたとしても。

俺はどうしても羨ましかった。

好きなように料理をしたい。時には誰かに食べてもらいたい。甘いものを食べたい。華やかな衣装を身につけたい。花の香油を選び、何か繕い物があれば自分で縫って、欲しいものがあれば自分で作ってみたい。

でもそれは、許されないことだ。男として生まれたからには――一生。

かといって、女になりたいわけじゃなかった。男に興味があるわけでもない。男らしさを求められることも、女々しいと言われることも、全部辛い。

だからこそ、余計分からなくなる。自分がなんなのか。ただ、この世界に存在していい生き物ではない、何者にもなれない、なり損ないが俺だった。

自分を殺し、男らしい勇雲として振る舞うほうが、なにも考えずに済む。でも、雲の隙間に太陽が差し込むように、魔が差した。

後宮に入り、身内の監視の目が消えた。一人の時間が増え、女帝への贈り物というていで、綺麗な衣を見たり選んだりすることが出来た。嬉しかった。後宮は人により牢獄と称する者もいる。過去には女帝に寵愛された花婿が殺されたこともあるという。実際、愛月の第一皇女・紫苑、第二皇女・美美の父となった花婿は殺されている。犯人は誰かは分からないが、愛月のほかの花婿のうちの誰かだろうというのは明白で、だからか愛月は第二皇女が生まれてすぐ、後宮の花婿たちをその任から解いた。不要な殺生は避けたいというのがその理由であった。しかし後宮に殺生はつきもの。新たな女帝が生まれれば、新たな謀りも生まれる。花婿にとってはいつだって危険とされる場所だけれど、俺にとってはむしろ、後宮の中のほうが生きている実感があった。

焦がれていた花にも衣にも、触れられる。こんな幸福が自分にあっていいものかと疑う反面、欲は増す。貴族の嗜（たしな）みとして伸ばした髪を手入れし、あれこれと装飾品を見繕っていたら、美美に俺の本質を見抜かれた。

『気持ち悪い男！　こんな髪……！　こうしてやるわ！』

美美の手にした鋏に怯え、抵抗が出来なかった。気付けば髪を摑まれ、毎夜香油をなじませ、鏡を見るたび嬉しく思っていた長い髪が、床に散らばっていた。

『一刻も早くその性根を治しなさい！』

そう言われたけれど、病気じゃないものをどうやって治せばいいのか。俺は途方に暮れた。

美美の思いつきによる暴力、暴言には際限がない。俺だけでなく、俺の宮殿で働く人間にも理不尽な暴力を振るったり、暴言を吐いたりするようになった。

宮殿の人間は俺がなぜ髪を切られたか、なぜ自分たちがこんな目に遭うのか詮索しなかったのが不幸中の幸いだったが、俺はたちまち恐怖に襲われた。

美美は俺の本質を知っている。誰かに話すに決まっている。不安を抱えながら日々を過ごすうち、美美が死んだ。女帝の仕打ちの理由を知らない宮殿の人間は、表面上喪に服しながらも、安堵していた。

もう、怖い目に遭わず済む。いや、一番安堵したのは俺だ。俺の本質を知る人間が消えた。美美が生きているうちに誰かに話をしたのでは、と最初は不安があったが、俺の本質を疑う人間はついぞ現れなかった。

美美にとって、俺は語るにも値しない存在だったのだろう。それくらい、俺の本質は他人にとって受け入れがたいものだ。秘密を守れたのはいいことのはずなのに、複雑な感情を抱いていると、第一皇女が王城に戻ってくるという報せが入った。

俺のせいで、俺に仕える宮殿の人間が苦しんだ。

美美を許せない。

あの女の姉なのだから、第一皇女なんてどうせろくな奴じゃない。

宮殿の人間の為にも、新しい女帝を追い出すと決めた。

恨み、復讐の理由、実行に必要な準備、すべてが揃った時、もう止められなかった。特に、宮殿の人間の為にも、と理由づければ自分が正しくなれる気がした。俺はずっと間違っていたから。これからも間違い続けるから。許されないことしか出来ないから。

一回くらい許される正しさが欲しかった。

しかし、戻ってきた第一皇女——新しい女帝は、俺の想像と全く違っていた。

貧しいのに、強い人。言葉であらわすならそれに尽きる。

身を偽り絡まれた俺を助ける勇ましさ、雲のように人を守る、命への考え方。

そして、言葉の端々から伝わってくる、彼女が生きてきた過酷な環境。

俺はやっぱり正しくなれなかった。俺は駄目な人間で、本当にどこまでも間違っている。

——人は間違う。皆間違えて、皆……駄目だ。だから、貴方だけが駄目じゃないと、思います。

正しさなんて、この世界にいる誰も、持ってない。

先程女帝の呟いた言葉に、胸の中に抱えていた鉛がすっと溶けたような錯覚がした。

生きていていいのか。間違っていても、駄目でも。

心穏やかになる一方で、思う。

決まりは、苦しい。

でも、今、俺の隣で眠る彼女の作る決まりなら、生きることが少し、辛くなくなるかもしれないと。

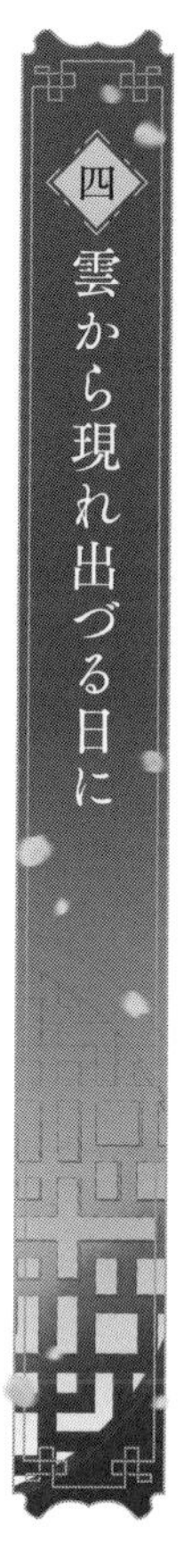

朝起きると、香ばしい匂いがした。勇雲と夜伽をすることを知ったほかの花婿が火でもつけたのか？　慌てて飛び起きると、寝台のそばの卓に料理が並んでいた。

「これは……え」

起き上がりあたりを見渡すと、花婿としての正装らしき衣の上から、さらに白の衣を重ねた勇雲が立っていた。

「起きたのか、おはよう、女帝様」

「おはようございます……。一体これは……どうしたんですか」

目の前の状況に戸惑っていると、彼は少々気まずそうな顔をした。

「これが、俺の正装で……料理を作る時に服が汚れるから」

そして付け足すように、変か？　と問いかけてくる。

「いえ服の話ではなく、料理……これ、すべて勇雲様が？」

目の前の料理の量もそうだし、それを作ったのが料理などしないはずの貴族の男である勇雲、というのにも驚く。すると彼は「あ、お前は服なんか気にしないか」と、やや嬉しそうな、それでいて苦笑いのような表情を浮かべた後、料理に視線を向けた

「あ、ああ、一応、お詫びのつもり……俺、まともに出来るのはこれくらいで……まぁ、出来る

って言っても、役には立たねえし、誰の助けにもなれねえ特技だけど……」

「そうですか？　料理屋が出来るし、掃除も出来るのであれば、宿を出せる。宿は儲かると聞いていますし」

この腕があれば食うに困らないだろう。

「女帝様はそればっかだな……まぁ、皇都の外での生活が厳しかったなら、無理もないか……」

「すみません、あの……」

さっきのいかにも貧しかったというような私の言葉は、勇雲の同情を誘うものだった。これではいけない。

「気にするな。それに、謝らなきゃいけないのは、俺のほうだしな……ま、謝るだけで済ませるつもりはねえから、夜伽のことも……後宮での困りごと？　あったら言ってくれ、協力する」

そうして勇雲は何かを吹っ切ったかのように、朗らかに笑った。夜伽に協力。すごく……助かることだ。柊焉ばかり指名して愛月に責められたり注意されたりする隙を作りたくない。

「ありがとうございます。何から何まで……」

「それはこっちの台詞だ。ありがとうな」

「別に私は、何も」

感謝されると、どことなく居心地が悪い。並んだ料理をじっと見ていると、「そんな眺めるなよ」と勇雲がまた苦笑した。

「すみません、この料理は、どんな名前なんだろうと思って」

「どんな名前って、普通に……」

勇雲は説明しかけて、ハッとした顔をした。こちらの無知が知られた。彼の様子をじっとうかがうと、彼は「教えるから座ってくれ」と、椅子を引いた。

「すみません」

「気にすんな。この前菜が――」

「なるほど……」

覚えておこう。作ってもらった料理の名前は、覚えていたい。名前はきっと、大切なものだから。

「あれ、勇雲様は召し上がられないのですか」

説明を終えてもなお、勇雲は椅子に座ろうとしない。不思議に思い問いかけると、彼の表情が曇った。

「様付けなんてしなくていい。俺はただの花婿だ」

そう言うけれど、私としてはしっくりこない。様付けをされることも、声に出して誰かを呼び捨てにすることも。心の中では違うが、声に出す時は忌避感が出る。

「なら、嫌がらせの償いのひとつとして私が貴方を呼ぶ時は様付けのままを許してください。逆に、私に対してはそこまでかしこまらなくていいです」

「えぇ……」

「すみません。平民暮らしが長かったもので」

そう言うと、勇雲は苦々しい顔をしながら「う……わ、わかった」と頷いた。良かった。雹にそれとなく気やすく接してほしいと頼んだ時は、「そんな無礼なことなど出来ません！」と自死を仄めかされた。

「……で、でも、なんで俺が食べるか気にするんだ？　あ、あれか、毒を疑っているのか？　毒見はするつもりで――」

「いや、一人分の量ではないですし、一緒に食べるのかと」

どう少なく見繕っても十人分はある。そう言うと勇雲は目を丸くした。

「あ……いや、食い切れる量がいいと聞いてたけど――お前、見ていて不安になるほど華奢だし、栄養も取れるように色々食っておいたほうがいいと思って多めに作ったんだ。でも、多すぎたか」

不安になるほど華奢……。かなり気を遣われている気がする。勇雲は頭をかいた。

「余れば昼に食べますけど、もし勇雲様の朝食がまだであれば、勇雲様と――それに雹も」

雹は夜伽の間、控えの間にいるはずだ。呼んでこようと扉を開き、私は愕然とした。

「おはようございます、私の女帝様」

そこには雹と、なぜか背に朝日を受けながら微笑む柊焉の姿があった。

「な、なぜここに」

「別の花婿様と眠りについた女帝様のもとへ、どうか私も忘れないでくださいと、お伝えに」

「はぁ……」

私は雹に視線を向ける。柊焉は夜伽の時に限って自由に出歩けるようになったが、今は朝だし、私が呼び寄せたわけでもない。まして他の花婿の宮殿に無断で立ち入ったとは……。

「柊焉様が、陛下から招待されたとおっしゃったのでお通ししたのですが……違ったのでしょうか？」

雹が困惑顔で訊ねてくる。柊焉が何を企んでいるのかは分からないが、彼には夜伽のことで、借りがある。ここはひとつ、貸しを作っておくか。

「そう、私がお招きしたんでした……勇雲様が朝餉を用意してくださったので一緒に頂こうと思って……雹も」

勇雲が作ったことはぼかしつつ雹たちを誘ってみた。勇雲の手前、勝手に誘うのもよくないが、料理は十人分はゆうにあるし、私が朝昼夜で食べたとしても、料理が傷んでしまう可能性もある。せっかく作ってもらったものだ。勿体ない。

「ああ、俺が腕によりをかけて作ったんだ、良かったら食ってくれ」

勇雲は何かふっきれたような表情で自分が朝餉を作ったと告白した。

「勇雲様が作ったのですか？　なぜ⁉」

雹が驚いた顔をした。馬鹿にする意図はないのだろうが、勇雲は複雑な顔をする。何か説明すべきかとも思ったが、勇雲がこの国の価値観に苦しめられていたように、勇雲の価値観を雹に押し付けることもまた、雹を苦しめてしまう……かもしれない。

理解や価値観のすり合わせは、急がないほうがいい。ゆっくりでも、確実に。お互いが生きづらくない距離を探っていければ。

「私が命じました」

私は簡単に告げる。雹は「陛下が……？」と首をかしげる。

「ああ、よろしければ柊焉様の護衛の方も――」

私は雹の追及を避けるためにも、いつも柊焉の連れている武官も誘おうとするが、肝心の姿が見当たらない。不思議に思っていれば、柊焉は首を横に振った。

「いません」

「ああ、本日はお一人で？」

ならば包んで持ち帰っても、と考えていると柊焉は歌うように告げた。

「いえ、貴女を見ていたので殺しました」

「……え？」

「だから人の恨みは恐ろしいと言ったのです。私の女帝様」

柊焉は笑う。先日と何も変わらない、沼底のような暗い目で。

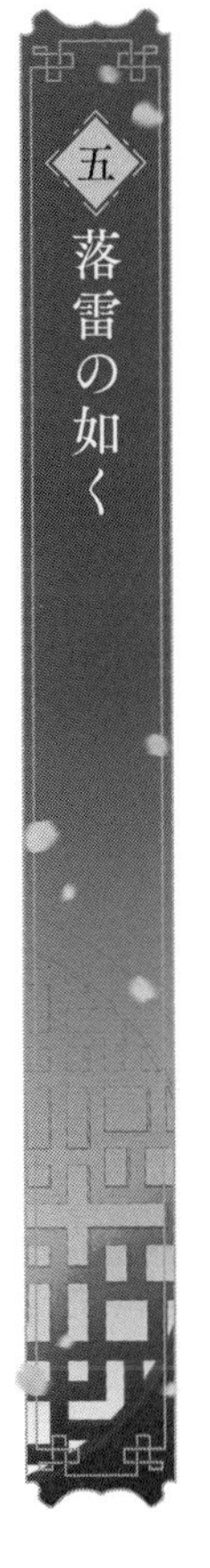

五　落雷の如く

勇雲が、夜伽に協力してくれると約束してくれた。そうして心強い味方が出来たものの。

『いえ、貴女を見ていたので殺しました』

柊焉が武官を殺した。美美が殺され、女官が皆殺しにされ、挙句の果てには、花婿を守る武官がその花婿に殺されたということだ。こんな命を疎かにする後宮など解体されてしまえと思うものの、後宮で大切なのは、国を統べる者のみ。女官が死んでも葬式ひとつ、弔いの言葉ひとつ無く、喪に服すことも無かったように、柊焉を護衛していた武官の死もまた、道端に咲いていた花が枯れるのと同じように、あってないような始末のつけられ方だった。

柊焉は、武官が私を見ていたから殺したと言う。いつから私とあの男はそんな仲になったのか。私の知らない間に三千年という月日でも流れ、あの男と無意識の間に大恋愛でもしたのか。

ありえぬ空想をして悩んでも、意味なんてない。そして私には、そんな暇もない。

後宮にいる以上、夜伽は必須。柊焉を指名し続ければ、寵愛を受けていると、今度は柊焉が狙われかねない。一方で、勇雲を選んだら選んだで、今度は柊焉が勇雲を狙いかねない。勇雲は信用出来そうだが、信用したらしたで柊焉が……と逃げ場がない。

さらに、私に味方をしようとした女官や勇雲について密告した犯人が、後宮の中にいるはずだ。どこまで行っても、袋小路だ。対策を考えるものの答えは出なかった。そのせいか、怠い。しかも今朝は、いつも以上に身体が重たく、何かに締め付けられるようだ。

私は瞼を朝日に焼かれ身じろぎをする。今日も憂鬱な朝がやってきた。嫌な気分がして起き上がろうとするが、なにかに阻まれた。湿っていて、冷たい。なにかにお腹を締め付けられている。

「うわぁっ」

私は視界に飛び込んできた光景に、思わず声を上げた。

私の身体に絡まっていたのは、全裸の雷典だった。血の気が引いていくのを感じながら、自分の身体に触れる。私は今、きちんと寝衣を着ている。乱された形跡もない。雷典とは何もないはずだ。しかし、絶対とは言い切れない。

そもそも、これは一体どういうことだ。一体どこからこの男は入ってきて——、

「嘘だ……」

侵入経路を探すべく周囲をうかがえば、窓が枠ごと外されていた。物盗りならば窓のひとつも壊すだろうが、枠ごとゆえに、物音ひとつしなかったのか。どうりで朝日がまぶしいはずだ。いや、今は感心している場合ではない。

「あ……」

愕然としていれば、それまですやすや眠っていた雷典の瞼が動く。

「ああ、おはよう女帝様……共に朝を迎え……あ、もう朝か」

雷典は目を覚ましてすぐ、こちらを見上げるようにしながらも、指で私の顎をすくう。

「まぁいい……このまま、夜まで……」

そう言って、彼は私に顔を近づけるが――、

「なりません！」

その矢先、これまたどこから入ってきたのか、雹が止めた。雷典の腕を摑むと、ぶんと風を切るような音をたててそのまま寝台から下ろす。猫のように運ばれた雷典は目をぱちくりさせながら、雹を見ていた。

「雷典様、いつからいらしたか存じ上げませんが、夜伽は女帝様のご意向、お身体が第一です。お引き取りくださいませ！」

「なんで」

「なんででもです！」

雹は先日とは打って変わって、雷典をそのまま部屋から追い出してしまった。こちらとしてはありがたいが、以前私が雷典に飛びつかれた時、彼女は花婿の接近は止めないような話をしていた。一体どういうことだろうか。なにか愛月のほうから言われたのだろうか。

「雹……ありがとうございます……あの、なにか規約の改定があったのですか？　以前は……花婿との触れ合いは推奨されるべき、とされていたようですが……」

「はいっ！　雷典様については現在皇家で、身辺調査をしているのです！　ゆえに！　陛下との接近を控えるよう、愛月様から命を受けております」

「え……」

愛月が雷典と私の接近を控えるよう命令している。いつからだ。

「その命令はいつから……でしょうか」

「陛下が後宮にいらして間もなくです」

「理由は、半裸で飛びついてきたからですか」

「いえ！　全く異なる理由です！」

違うのか。半裸で飛びついてきても接近は禁止されないのか。絶望的な気持ちになってきた。

「では一体」

「阿片です」

雹は真っ直ぐに言う。彼女の言葉に、私は二の句が継げなかった。

阿片は、取引が禁じられている麻薬の一種だ。身体に入れることで、強烈な快楽を感じることから鎮痛剤などとして用いている国もあるそうだ。しかし中毒性が高いため最終的にそれなしで生きられなくなり、思考を隅々まで破壊されるので、この国では使用も販売も禁じられている。いずれにしても使用すれば最後には自ら死を選ぶか衰弱死、あるいは処刑されるかの三択、地獄行き確定の劇薬だ。

「雷典様は、後宮で各花婿とその宮殿に割り振られている予算を阿片につぎ込んでいるという噂があるのです」

雷典は半裸で飛びついてきたり、今朝のように窓を壊してまでして迫ってきたりと、なりふり構わない印象があった。それも庶民とは違う貴族文化なのかと思っていたが、阿片の影響と考えれば、それはそれで納得がいく。

「皇家として、阿片使用の疑いがある花婿との夜伽は推奨出来ないというのが愛月様のご判断となっております」

雹は言葉を続けるが、花婿を選んだのもまた愛月だ。

「花婿にする前に分からなかったのですが」

「後宮に入った後から使用しはじめた可能性も」

「だとすれば後宮に阿片が持ち込まれているということになりますが、その場合、事態はかなり深刻ではないのですか」

女官を皆殺しにした愛月のことだ。疑惑段階で雷典を殺してもおかしくない。それに、寵愛を受けすぎた花婿は危険に晒されやすいという話もある。命を奪いやすい状況だ。にもかかわらず雷典を生かしたまま、私と夜伽をさせないようにしているのは気になる。

「私のほうで調べてもいいですか」

「なりません、それは私たち武官の仕事です。陛下には陛下のお務めがございます」

「その夜伽に関わることです」

私はすぐに言葉を返す。すると雹は「しかし……」と言葉を濁す。

「そういう話なら俺も、俺も調査に参加する。前は役に立てないどころか、俺が犯人だったしな」

「勇雲様……！」

扉のすぐそばに、勇雲が立っていた。雹は「なぜここに」と驚いている。

「お菓子の差し入れに来たんだ」

そう言って勇雲は、持っていた重箱を開く。中には色とりどりのお菓子が並んでいた。

「美味しそう……ではなく！」

雹は箱の中身をじっと見つつも咳ばらいをする。

「雹、早速で悪いが、雷典について何か知らないか？　どういう奴かとか、その経歴とか」

「え……勇雲様は雷典様についていて何もご存じないのですか」

花婿は第二皇女が女帝になった時から後宮の中にいるはずだ。

「あいつについては何も分からねんだよな、柊焉もだけど、ほら、こいつの兄貴の蛍雪とか雨奏は、まぁ、貴族の中でもいいところの家、ってのは分かるし、仲良くはないまでも茶会とかで顔を合わせたりするから、ある程度の情報はある。だが、雷典だけ良く分かんねえんだよ。俺が宮殿に閉じこもる前は前で、あいつは、ただじっとしてたり、ぼーっとしたりしていて、何考えてるか想像もつかない感じだったし」

じっとしてたり、ぼっーっとしたりしている。阿片は服用すると一時的に高揚するが、その効果がなくなれば気分は静まる。そして、薬による異常な興奮状態が切れるわけだから、ただ落ち着くのではなく、著しく気持ちが落ち込み、そのまま死に至る者も多い。ゆえに、誰かの感情を高ぶらせ意図的に壊す毒としても使用が出来る。恐ろしいものだ。

「……ということで雹、このお菓子と引き換えに、取引をしないか」

「これも勇雲様がお作りになったのですか……⁉　って取引なんてしません！　私は軍人です。自らの欲に負けることなどあってはならない！　どんなに美味しそうで、手の込んだ料理を提示されたとしても！」

雹は勇雲が料理をすることはすっかり受け入れたらしい。それよりも武官としての務めを果たそうと気丈に振る舞うが、目が泳いでいるのは気のせいか。

「そこまで言われると、ますます食べてほしくなるな……」

雹があと一歩で釣られそうなのをめざとく察した勇雲が重箱に入ったお菓子を雹の目の前に差し出す。

「そもそも！　私は雷典様の経歴について存じ上げておりませんので！」

雹は堂々と宣言する。

雹は、この国の貴族の顔は、きちんと覚えていると言っていた。その雹が素性を知らない……つまり、雷典は平民ではないか。

はっとすると、勇雲も同じ考えに至っていたのか、一度こちらを見てから、雹に問いかけた。

「知ろうとはしないのか？」

「調べたいとは考えております！　しかし、花婿の過去は護衛の自分が調べようとしても、制限があり調べられないので分からぬのです！　後宮の仕組みとして、女帝様が気に入った男を後宮に招いた場合、その男の出自や来歴で女帝様が軽んじられることがあってはなりませんので、花婿がどんな人間であるかを知るのはごくわずかな人間のみ。特に女帝づきの護衛は素性などを教えてもらえないのです！」

「なるほど……」

だとすると、雷典が平民の可能性が高いことまでは想像出来るが、彼がどこの誰なのか、どういう経緯で後宮に入ったかは、調べづらいということだろう。

「陛下は雷典様について、何か知っていることやお気付きの点は無いのでしょうか？」

ややあって、雹はぐるりとこちらに振り向いた。

「あの、私は……花婿のこと、誰も知らないので……」

知らないからこそ、自分で見聞きして抱いた今の印象がすべてとなる。

阿片疑惑のある全裸男、自称尊い男、そして最近追加の見ただけで瞬殺男、花婿の半数が普通じゃない。まともなのは勇雲と雨奏だが、雨奏はおそらくまともさゆえに夜伽を遂行しようと催淫作用のあるお茶を淹れるし、信用出来る正常な人間は勇雲しかいないが、勇雲を頼れば勇雲が殺されかねない。出口は見えないままだ。

「確かにお前、皇都から出てたもんな」

勇雲は同情するように声音を落とす。

「まぁ……」

私は申し訳なさを覚え、視線を逸らす。雷典が平民である可能性は高いが、問題は皇都の平民の事情に詳しい人間がこの場にいないことだ。雹は貴族のことしか知らないし、そもそも花婿について詳しい話は出来ない。勇雲も貴族の出身。どうしたものか考え、はっとした。

『なるほど、平民なのですね！　分からないわけです！　立派だぁ……試験を受けたのですか』

以前、勇雲扮する掃除夫・積乱に向かってそう言った。さらに、

『仕え働くのは皆、貴族です！　ただし平民でも、座学に教養、算術など難度の高い試験を受け合格すれば、道は開かれるのです！　とはいえ、平民は学びの機会が限られているので、努力の果てに夢かなわず、諦める者のほうがずっと多いと聞いたことがあります』

あの言葉が正しければ、後宮で働く人間の中にも、平民がいるということだ。

「話は変わるのですが、雹」

私は自分の考えを試すべく雹に話しかけた。

「なんでしょうか、陛下」

「……雹は以前、後宮にも平民出身者がいると言っていましたが、後宮の中に話を聞ける平民出身の女官はいないのでしょうか」

「ああ、それこそ積乱――いえ、勇雲様に絡んでいた女官は、私が知らぬ者でした。気になったので後から調べてみれば平民で、なるほどと思ったくらいで」

その言葉に、私は勇雲へ視線を送る。

雷典を知るかもしれない人間が、見つかった。

積乱――もとい勇雲を花婿と知らず罵っていた女官を勇雲や雹と共に探すと、洗濯房の入口にいた。洗濯房は、後宮中の洗濯物を洗う場所だ。その女官が抱えている洗濯物が重そうだったの

で、通りかかった若い男が代わりに運んであげようとしているところだった。服装からして花婿の宮殿に仕える武官なのだろう。

「持ちましょうか」

「結構！　どうせ下心でしょう？」

「えっ」

「女だからって見くびらないで頂戴！　大きい荷物だって持てるの」

そう言って、女官はすたすた歩いていく。武官は驚いた顔で立ち尽くしているが、女官は武官に振り向いた。

「なにか言うことないの？」

「え」

「それでも持ちますって手を差し伸べるのが男でしょう？　本当に気が利かないわね！」

女官は吐き捨てるように言う。無茶苦茶だ。持ってもらいたいのなら最初から荷物を渡せばいいのに。若い武官は「えっと……」と、どうしていいか分からない顔でいる。

どうやら彼女は勇雲のみならず、他の人間に対しても等しく攻撃的らしい。

「私が手伝いましょうか」

私は女官の背に声をかけた。彼女は振り返り、私に気付くなり、お化けでも見たかのように驚いて目を丸くしている。

「じょ、女帝様……」

「貴女にお聞きしたいことがあります」

私がそう言うと、女官は処罰を覚悟したのか黙って息をのんだ。

「雷典様に関しては、よく存じ上げております」

女官が震え声で話す。あれから後宮の端、人気の少ない庭の一角へ移動した。私の後ろに控える雹は帯刀してにらみを利かせ、勇雲も凄んでいる。強気の女官も状況的に雷典のことを洗いざらい話さないと処罰されると思ったのだろう。罰する気はないが都合がいいのでそのまま話を進めることにした。

「花街の蝶と呼ばれ数多の男を虜にした妓女を母に、当時最も美しいとされた上級官職を父に持ち、その血を色濃く受け継いでいるのが、雷典様です」

「なら、貴族では」

私は思わず問いかける。しかし女官は言いづらそうに首を横に振った。

「いいえ、父がそうであっただけ、雷典様は平民として後宮入り——いいえ、ほぼ奴隷として後宮に入っています」

「奴隷？　母親の妓女はともかくどうして上級官職の子供が奴隷に？」

雹が驚く。捨てられたり誘拐されたりした子供は売られ奴隷と呼ばれる。買われた後の行き先は様々だが、弄ばれたり暴力を振るわれたり、物のように扱われることは共通している。奴隷は違法とされているが、買う人間も売る人間も後を絶たないため見過ごされている。

　貧しい人間に出来ることといえば自衛しかない。そして妓女は子供を授かれば商売にならない。お腹の中の胎児を殺すか間に合わなければ産んでから捨てるかだ。だから妓女の子は生まれても奴隷になってしまう可能性が高い。一方、金持ちの子はそういった危険が少ない。

「妓女は雷典様を産みましたが、父親に認知されることなく、花街で育ちました。しかしその後母親が阿片中毒になり命を落としてしまったため、天涯孤独となった雷典様は用心棒としてしばらくそのまま花街におりましたが、役人に美貌を買われ第二皇女様に献上されました」

「人間を献上って」

　勇雲が顔をしかめる。人をもののように扱うことに抵抗を覚えているのだろう。

「では、母親が阿片に手を出していたのならば、雷典様も……」

　雹は私を心配そうに見た。しかし、勇雲が首を横に振った。

「いや、数多の男を虜にした妓女だったら、阿片に自ら手を出したのではなく強引に使わされた可能性があるかもしれねえ」

「え」

「花街で、女を手に入れようとした悪い客が煙草なんかに混ぜて阿片を吸わせ、気付いた時に妓女は立派な阿片中毒。男は妓女を繋ぎとめるために阿片を与え続ける……それで何人も妓女が死んで、死ななくても廃人同然になったという話はいくらでもある。後宮でもそんな可能性がないか、愛月様や美美様を医官が調べたくらいだ」

「廃人同然……」

貧しい人間は阿片に手を出せない。阿片は高値で取引されるからだ。でも、阿片に手を出し続け金も心も阿片に貪りつくされ貧しくなった人間はいくらでもいる。

皇都の外で暮らしていた時、何度も見た。皆、目は虚ろで苦しみを苦しみとも理解せず、ただそこで死なずにいるだけの、壊れ切った「何か」だった。間違いなく生きている人間なのに、もう後戻り出来ず死を待つのみの動く亡骸としか表現が出来ない。

「勇雲様はその話をどこで？」

雹が首をかしげる。

「反物を売る商人からだ。そいつは花街にも品物を卸していてな、迷惑がってた。商人の一部には、普通の品物を売る振りをして、阿片を売る奴もいるらしい。お菓子に混ぜて、偽装したりしてな。阿片だと分かって買うのも問題だが、阿片であることを伏せ、阿片中毒にしてから菓子を求めざるを得ないようにする、なんてこともあるらしい」

「そんなことが……」

雹は愕然としている。

阿片は人を動く亡骸に変える。だから阿片と、阿片を勧めた人間は、地獄に堕ちるべきだと思う。壊れゆく人間を間近で見てきたならば、誰だってそう思うはずだ。

だからこそ、女官の話を聞いていて、ひとつ疑問を抱いた。

「母親が阿片中毒になった時、雷典様はそばにいた……んですよね？」

雷典を産んでから阿片中毒になったのであれば、少なからず雷典は阿片に取りつかれた母親を見たはずだ。そんな人間が果たして阿片に手を出すだろうか。

「今夜、雷典様の元へ向かい、夜伽を行います」

女官に話を聞き終えた帰り、私は雹と勇雲に宣言した。

「えっ……」

「だ、駄目だろ‼」

雹が唖然とし、勇雲が声を上げる。

私が夜伽をしたくないことを知る勇雲は「危ないだろ、襲われたらどうするんだ」と声を潜めた。

「後宮の外、いくらでもそういう場面はあったので、対処は心得ています」

貧しい暮らしの中、男は殺され、身ぐるみを剝がされる。そのまま捨てられ獣の餌だ。女は生かされ、蹂躙される。死んで地獄を味わうか生きて地獄を味わうかの二択だ。まさか後宮内の男が夜這いのような突発的な真似をするとは思わず、今までは雷典に対してされるがままだったが、何をするか分からない相手だという心構えさえあればどうとでもなる。

なのに勇雲は顔をしかめた。

「そんなもの……心得るなよ」

腹でも殴られたかのような表情をしている。勇雲は貴族の人間だ。そして他者より共感性が高いように思う。心配はいらないと伝えたつもりが、逆に不快にさせてしまった。

「その通りです。陛下は……いえ、軍人以外はそんな防衛の手段など知らなくていいのです。人を守る為に戦うのが軍人の務めです。弱き者が傷つけられぬよう、我々が戦うのです」

「……そうですね」

二人は、誰にも傷ついてほしくないのだろう。優しいなと思う。純粋な感性だ。雹は怖いことを言うけれど、それは根が子供のように無垢だからかもしれない。そういう人間が沢山いれば、いや、そういう人間で国を作れば、貧しさも存在しない、人を恨まずにいられる世界になるのだろう。

政のことなんてどうでもいい。明日、生きることすら精一杯なのにその先なんて考えられない。なのに、少しだけ未来について考えてしまった。らしくない、今は感傷に浸るべきではない、と反省しつつ、私は話を戻す。

「それに、雷典様が本当に阿片中毒か確かめなければいけないでしょう」

「夜伽をしたからといって確かめられないだろ」

「確かめられますよ」

私は即座に返す。

「阿片中毒の人間は、軽度であれ阿片なしに長い時間正気を保てない。夜伽をするとなれば、長時間一緒に過ごすことになるし、夜伽の最中は隠れて阿片を摂取することも出来ない。そして私は皇都の外で阿片中毒に陥った人間を何人も見てきました。兆候が見られればすぐに分かる」

雷典は共に朝を迎えようと言っていた。

そして愛月は夜伽を望んでいる。

ならばお望み通り一緒に朝を迎えてやる。

私は自らの宮殿に戻った後、愛月の息のかかった女官たちに雷典のもとで夜伽をすると伝えた。愛月の動向や意向を探ることに加え、お前の意向に沿っているぞと表明することが狙いだ。そうして雹と何人かの女官と共に雷典の元へ向かうが――。

「え?」

雷典の宮殿の前に到着すると、勇雲がいた。

「いや、万が一があるだろ……護衛だって結局、女帝様の血を繋げるために、万が一に備えてお前を守っているわけなんだから」

ほかの女官の手前、勇雲は声を潜めながら私のそばに控える雹を見た。

勇雲の言うことはもっともだが、夜伽の邪魔をしていると認識されれば、彼の立場はまた危うくなる。

「貴方だって万が一があるでしょう」

「俺の心配より自分の心配をしろよ」

そう言っても、勇雲は引かない。愛月の息のかかった女官も同行している。他の花婿との夜伽を妨害に来た花婿として密告されて処刑でもされたらたまったものではない。結局「三人で夜を愉しむつもりです」と酷い言い訳をしてしまった。新しい女帝は稀代の色狂いなんて噂が広まれば最悪でしかない。

「とりあえず、入りますよ」

私は先陣を切り雷典の宮殿へ入っていく。すると早速、こちらに向かって駆けてくる雷典の姿が見えた。

「今度はそちらから来てくれたのか！　新しき女帝よ！」

抱き着いてこようとしている。勇雲が私を庇おうとするが、「大丈夫です」と制した。

「さすがにここで夜伽を始めようとはしないはずです」

そうして迎え撃とうとしたが――、

「さぁ、俺を抱け‼　俺を新しき女帝の父に――」

雷典は笑みを浮かべながら私に飛びつこうとしてくるが、不自然に動きを止めた。

だらだらと額に汗をかき、視線を彷徨わせ、身体をふらつかせている。直前までの元気で明るい様子とは打って変わって、脱力し気だるい雰囲気を纏う。

「怠い……」

全身の気力をすべて削いだ声で、彼は呟く。話し方も声音もいつもと違う。

「これは、阿片中毒の禁断症状では……」

雹が顔をしかめた。勇雲もそれを疑っているのか、眉間にしわを寄せている。

「雷典様」

私は呼びかけながら近づいていく。雹と勇雲が止めようとするが「大丈夫」と迷わず突き進む。

「雷典様」

呼びかけると、彼は私を視界に映した。ああ、違うとはっきり分かる。

彼は阿片になんて侵されていない。私には分かる。だって地獄の中で心を貪りつくされた人間たちを何人も見てきた。どうしてこんなものを見させられなければいけないのだろうか、何度も思ったが、この時の為だったのかと、私は彼の肩に触れる。

「阿片が欲しいか」

「そんなものいらない、美味しくない」

「だろうな、雷典様が欲しいのは――これじゃないか」

私は女官の一人に持たせていた重箱から勇雲が作ったお菓子を取り出すと雷典の前に差し出す。

すると雷典は「うん」と子供のような返事をして、お菓子を手に取り食べた。すると、だらだらと流れていた冷や汗が止まり、身体のふらつきが収まっていく。

「どういうことだ……？」

「勇雲様の作ったお菓子に阿片が？」

「お、俺はそんなことしない！」

雹の言葉を勇雲が勢いよく否定する。

「大丈夫です。勇雲様は、ただ心を尽くしお菓子を作っただけですから」

「では陛下が何か仕掛けを？　それに、雷典様のあのご様子、明らかに異常でしょう？　阿片中毒以外に何があるとおっしゃるのですか」

雹が戸惑う。

私は症状が落ち着いてきた雷典を支えながら、改めて雹や勇雲を振り向いた。

「彼は貧しい暮らしをしている人間でも、なかなか陥らないほどの飢饉状態に陥っています」


貧しい暮らし。

冬は寒さにやられ、夏は暑さにやられる。誰にも守ってもらえず、何もかも自分で用意するほかない。貧しさにより招かれる不幸と苦労は数多あれど、最たるは食の困難だ。

野草を採ったり獣を狩ったりすれば腹は満たせるが、人が動くためには穀物が欠かせない。糖は体を動かすのに最も効果的な栄養源だが穀類は貴重で出来る量も少なく、育つまでに時間を要する。畑を耕し穀類よりも早く収穫出来る芋を作るのも手だが、獣に荒らされやすい。そうして食が不足した人間は別人のように気性が激しくなったり、逆に気分が落ち込み、眩暈や頭痛の果てに意識を失うこともしばしばある。

「雷典様はどういった食事をなさっているのですか」

あれから私は、雹や勇雲、雷典についている護衛の手を借りながら雷典を彼の寝所に運び、事情を聞くことにした。

私の宮殿に食事が大量に運ばれているという状況を鑑みても、花婿が飢えているというのはおかしい。

その疑念自体、不本意だというように雷典は眉間にしわを寄せた。

「だって、前の女帝……美美様が、そうしたからでしょ」

どうしてそんな当たり前のことを聞くのかと、ふてくされたような眼差しだ。

「申し訳ございません。私は美美の意向も行動もほとんど把握しておりません」

「血の繋がった家族なのに？」

雷典の質問に、私は返事に悩む。すると勇雲が「別にいいだろ、それよりお前は美美様と何があったんだよ」と話を変えた。

「なんか普通に、俺が嫌だった……みたいな。初めての夜伽？　一緒に寝たら、馬鹿にしてるのかとか、女として屈辱がどうとか言われて……花婿としての務め？　果たす気が無いなら養う義務も無いって、金？　報酬？　全部消えた。宮殿で働く人間……に払う金なくて、色々売ってたけど足りなくて、奉仕には対価が必要だから、飯、皆で分けて食べて……」

どうやら美美との諍いが原因で雷典どころか雷典の宮殿自体が困窮している状態らしい。美美を溺愛する愛月は、おそらく雷典への仕打ちを見逃していたのだろう。

「なぜ現状を陛下に訴えなかったのですか」

雹が思わず横から口を出す。

「だって家族だから、知ってるものだと思ってたし……それに、言ったところで何かしてくれたの？」

純粋な疑問を投げかけるような目に心当たりがあった。

言ったところで、どうにもならない。誰も頼ることが出来ない、自分だけで生きていかなければいけない暮らしを続ければ、最終的にそこに行きつく。母親や父親が存在しなければ人間は生まれない。でも、それだけだ。人は死ぬ時は一人で死んでいく。

「……勇雲様、お願いがあるのですが」

「なんだよ」

「以前、頂いていた毒花の置物、あれ、売って雷典様の宮殿の予算にしてもいいですか。愛月様に訴えても予算を頂けるまでには時間がかかるでしょうし、まとまったお金がすぐに必要だと思うので」

私が独自に予算を動かすことが出来るか分からないし、愛月の審議を待ってなどいられない。ならば、持っているものをお金に換えたほうが早い。

「女帝様のお望みのままに」

勇雲は察した様子で頷いた。


元は嫌がらせを目的としたものだったが、かつて勇雲が用意した置物は高く売れた。金が入るまでの間は、こちらの宮殿の食事を雷典の宮殿に分けて凌いでもらった。なおかつ愛月に雷典の宮殿への予算が支給されていないことに関して「役人による予算分配の不手際がある」と素知らぬ顔で申請した。

どうせ真っ向から、前帝の采配で雷典のみ困窮していると訴えても、美美を溺愛する愛月はそれを認めないだろう。しかし、公衆の面前で「前帝の突然の死により混乱した結果と思うのですが」とあえて美美の責任は追及しなかった。さらに「美美様は、その素晴らしき叡智から、雷典様は阿片中毒ではなく、体質により精神状態や行動に変化が起きていたと考えていたようで……」と美美を持ち上げる一言を添えたため、効果は抜群だった。

夜伽に関して、愛月は私に絶対的に強く出てくるが、美美の名誉に関わるようなことを引き合いに出せば一気に弱腰になる。勇雲の件で良く分かった。

ということで、雷典の宮殿の環境は改善されていっているらしい。愛月の息のかかった女官たちがわざわざ報告にきた。私も様子を見にいったが食事も十分に用意されていて、偽りの報告ではなさそうだった。

雷典の阿片中毒の疑惑は、貧しさを知らぬ貴族たちが雷典の様子を見て、そう判断しただけのことだろう。ひとまず阿片疑惑についての問題は落ち着いたが、まだ解決していないことがある。

雷典が宮殿の寝台にいた日、何かあったか、なかったか。

私は子を産みたくない。産めば殺されるというのもあるが、そもそも子を産みたくない。母親になりたいと思えない。自分一人で生きるので手一杯だ。

あの晩、一体、何があったのか。

今夜は色々考え事をしたかったので、夜伽はしないと雹には伝えてある。一人自室の寝台で悩んでいると、扉の開く音がした。雹にしては音がささやかだ。女官ならば何か声をかけてから扉を開くはず。私はすぐに振り返ると、そこにいたのは雷典だった。

「なぜ服を着ていないのですか？」

彼は一糸まとわぬ姿で平然と立っている。

「だって俺のこと買ってくれたんでしょ」

そう言って彼は寝台にさっと飛び乗ると、そのまま床に入った。

夜伽はしたくないが、これは一体どういうことなのか興味がある。勇雲あたりが新しい女帝は夜伽は望まないまでもそれらしく振る舞いたいらしいとでも言ったのか。

「少し話をしませんか」

掛布団にくるまる雷典にそっと声をかける。

「……いいの？　寝る時間が長ければ長いほど、子供が出来るんじゃないの？」

「……え」

「後宮は子供作りの場所でしょ」

雷典は当然のように言う。「子作り」ではなく「子供作り」という言葉選びのほか、今の挙動を見るに、雷典は何か誤解している気がする。

「子供がどうやって出来るか、知っていますか？」

「寝る」

「具体的には？」

「横並び」

雷典は血の繋ぎ方を知らない。いや、花街で育ってそんなことがあるものか。

「雷典様」

「なあに」

「花街で、女たちが……ま、枕のそばで客と何をしていたか見たことはありますか」

「母上から……仕事の邪魔になるから見ないでって言われてた。だから俺、変な客を棒で叩く係だった」

雷典の返事に、彼のおかしな行動のすべてが繋がった。彼はおそらく、母親に守られていたのだ。男女の営みから遠ざけられながらも、花街という特殊な環境で育ったために、夜伽とは何かを理解しないまま私に迫り、それでいて服を脱いだり、全裸でいることに抵抗が無い。

雷典が私の寝床にもぐり込んできたことに危機感を抱いていたが、そういった知識を持たない雷典と、血の繋ぎようがない。本当にただ寝ていただけだ。そして、

――なんか普通に、俺が嫌だった……みたいな。初めての夜伽？　一緒に寝たら、馬鹿にしてるのかとか、女として屈辱がどうとか言われて……花婿としての務め？　果たす気が無いなら養う義務も無いって、金？　報酬？　全部消えた。宮殿で働く人間……に払う金なくて、色々売ってたけど足りなくて、奉仕には対価が必要だから、飯、皆で分けて食べて……。

雷典が以前話をしていた、美美との夜伽の一件。

あれはきっと、夜伽の作法を知らない雷典が彼女の体に触れなかったからだ。

「雷典様」

「ん？」

「子供を作らずとも、何もせずとも私は貴方や貴方の宮殿の方々が、問題なく暮らせるようにしますよ」

「……どうして？　見返りは必要でしょ？」

無垢な瞳だ。本当に、どうしたら普通の暮らしが手に入るのか、疑問を抱いている眼差しだ。普通の暮らしを、衣食住に困らない暮らしを難なくしている人間がいる。

何の対価もなく。

その一方で、どうにもならない世界の中、対価を支払ってもなお地獄を味わう人間もいる。

私は、善人にはなれない。無償の奉仕をする余裕なんてない。

「見返りや対価に期待していると、疲れますよ」

「疲れる？」

「はい。時には報われたいとも思いますけどね」

「なら」

「でも、見返りなんてなくても、誰かの犠牲がなくても、誰も苦しい思いをせずとも、ただ普通に暮らせる。そういう世界が、一番、いいと思うので」

「無理じゃない？」

「……はい。無理です」

愛月の支配下に置かれたこの国で、そんなことは叶わない。そして愛月を最上位から引きずり下ろしたとしても、新しく国を導く人間が必要だ。他国とこの国の関係は分からないが、世界は弱肉強食だ。国が傾けば、あっという間に周りの国に攻め入られる。

「国を変えるなんて大きなことは出来ない、だから出来ることを出来る時に、するだけです。たとえばこうして、貴方からの対価を受け取らない、とかで」

花街は春を売り金を得る。その価値観が雷典の身に沁みついている。ゆえに全裸で飛びついてきて、夜伽を求めていた。宮殿の資金難をなんとかするために。

「……俺のこと欲しくない？」

「いいえ、欲しいとか、欲しくないという話ではありません」

「分かんない」

「雷典様、貴方は人に何かをする時、常に見返りを求めるのですか？」

彼は視線を落とす。

「本当は誰であっても、何も成し遂げずとも、誰かの役に立てずとも、存在していいはずです」

そんな世界がくればいい。そんな未来も結末も、ありえないのに切実に思う。

ただ、生きているだけでいい。生ぬるいかもしれないけれど、そういう優しい世界が欲しい。

「女帝様」

「なんでしょう」

「頑張ってそういう国にしてよ」

雷典は言う。私はその期待に応えられない。

「無理です。私は、その器じゃない」

「そうかな、出来そうだけど」

雷典はのんびりした調子で言うと、そのまま眠りにつく。

自分を守ってくれていた母親が目の前で壊れていく姿を見ていたであろう彼が、どうか穏やかに眠れたら。

私は眠る雷典を眺めた後、瞼を閉じた。

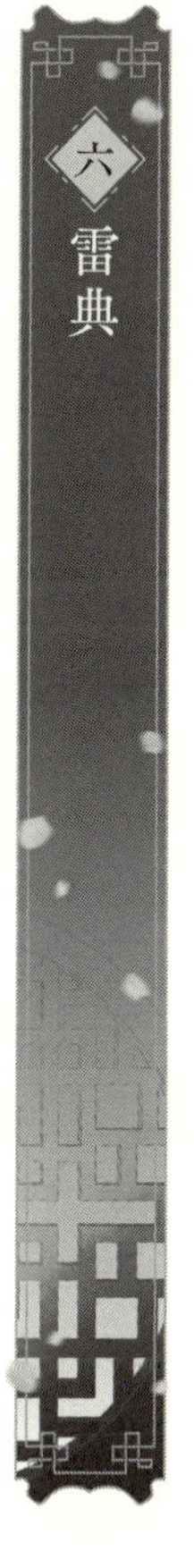

『どんなに身を汚しても、心まで汚しては駄目よ、雷典。私のようにならないで』

母上がよく言っていた。母上は綺麗だ。汚れてなんていない。「母上は汚くなんかないよ。世界で一番綺麗だよ」と言うと、決まって悲しそうな顔をしていた。

でも、俺は心からそう思っていた。母上と共に身を置いていた妓楼「春来楼（しゅんらいろう）」で、色々な女の人を見ても母上が一番、いや、本当に世界で一番綺麗だった。

春来楼にやってくる男の中には、変な人がいて、女の人の腕を強く引っ張ったり、「売女のくせに」と酷い言葉を浴びせたりした。

俺の仕事はそういう男を棒で叩くことで、それが終わると皆、客からもらったお菓子を分けてくれた。たまに新しく春来楼にやってきた女の子が、「子供に甘いものばかり与えてはいけません」と妓女や俺を叱ったけど、そのたびに女の人たちが「雷典は空腹になりすぎると倒れてしまう」「甘いもので調整しないと体調を崩してしまう」ととりなした。

普通の人は食事を一日に三度取るだけでいいらしい。

でも俺はとても面倒な体質で、三度の食事以外に、食間にも甘いものを食べたり、人より食事の回数を多くしないと動けなくなって吐いたり、ふらふらしたり、最悪倒れる。

虫を捕まえて世話をしていたことがあったけど餌を用意するのは大変だった。途中で段々面倒になって、何度捨てようと思ったか分からない。でも母上や花街の女の人たちは、手間のかかる俺のことを捨てようとはしなかった。「雷典」と優しく名前を呼んで、可愛がってくれた。

だから春来楼の皆の役に立ちたかった。なのに、出来なかった。

いつしか、春来楼の女の人から変な臭いがするようになった。病気になっていた母上からしていたものと同じ、独特な臭い。

段々、春来楼の雰囲気が暗くなってきたので、少しでも元気になってもらいたくて、わけてもらったお菓子を皆に食べてもらおうとした。でも「食欲がわかない」と断られてしまう。そんなある日、医者が「客が妓女たちに阿片を使ったかもしれない」と、楼主と話をしているのを聞いた。

どういうことか教えてほしいと二人に頼むと、悪い男がいて、花街に変な薬を持ち込んだらしいと聞かされた。そして女の人たちは、変な薬が原因で病気になってしまったという。

病気になったなら、それを治す薬があれば皆元気になるのか聞いたら、医者も楼主も返事をしてくれない。お金が必要なのか聞いても何も言わない。

最初はただ暗かっただけの皆は、段々暴れるようになった。俺は力があるから、皆が暴れて自分を傷つけないように体を押さえた。母上のことも押さえた。辛かった。

俺は何の役にも立てなかった。誰も助けられないまま、母上も春来楼の女の人たちも命を落としていった。がらんどうになった春来楼にいたところを、お金持ちに買われて後宮に入った。

後宮に来てからは、何にもする気が起きなかった。だって、頑張っても誰の役にも立てないから。

でも、宮殿の皆は春来楼の皆や母上みたいに、何も出来ない俺の世話をしてくれる。

だから今度こそ役に立ちたかった。花街の皆に出来なかったぶん、誰かを助けたかった。

花婿は夜伽をして女帝様に好かれれば、いいことがあるらしい。俺は女帝様を夜伽に誘って一緒に寝たけど、女帝様は怒って宮殿の皆に全くお金をくれなくなった。

俺は、結局、どこへ行っても誰も助けられない役立たず。

なのに、

『なら私もです。貴方がそこにいればいい』

新しい女帝様は夜伽を求めていないみたいだった。俺が役立たずだから、と思っていたけど、どうやら違うらしい。

『……俺のこと欲しくない？』

『いいえ、欲しいとか、欲しくないという話ではありません』

女帝様は視線を落とした後、言った。

『本当は誰であっても、何も成し遂げずとも、誰かの役に立てずとも、存在していいはずです』

ああ、俺生きてていいんだ。

女帝様の言葉を聞いた時、安心した。大切な人たちを助けられなかった俺の世界に、安心なんてあっちゃいけない。それでも、女帝様の考える世界は誰でも――こんな俺でさえも存在していい世界で、そういう世界にあこがれた。

だって母上が、春来楼の皆が望んだ世界だから。

『どんなに身を汚しても、心まで汚しては駄目よ、雷典。私のようにならないで』

『母上は汚くなんかないよ。世界で一番綺麗だよ』

そう返すと、母上は悲しそうな顔をした後、いつもこう続ける。

『ありがとう。雷典がそう言ってくれるなら、貴方の前では、世界で一番綺麗でいなくちゃね。こんなに……私の子とは思えないくらい、いい子に、なってくれて……本当に幸せ……』

『母上……』

『でもね、いい子になりすぎなくても……いいの。人から言われたい言葉を、かけられる子に……貰いたいものをあげられる子になってくれたら、それだけでいいの。好きなものが見つからなくても、やりたいことが見つからなくても、貴方が、生きててくれたらいい』

何度も繰り返されたやり取りだった。でも、飽きることは無い。母上が悲しそうなのが嫌だったけど、いつか笑ってくれたらと願っていた。でも、それは叶わなかった。

母上は阿片によって、変わった。俺を見ない。ただ、ひたすら阿片を欲しがって暴れて、静かになってを繰り返す。そしてとうとう、阿片すら求める気力がなくなった時、呟いた。

『私……もし生まれ変われるなら、身も心も綺麗な状態で、また貴方の母上になりたい。何も差し出さずとも、生きていることを許される世界で……なんて、欲張りね……』

母上の最期の言葉だ。母上が生きることを許されない世界。そんな世界で生きていたくない。でも自分で死んだら生まれ変われなくなると、生き残った春来楼の女の人たちは言った。

仕方なく、生きていた。母上や死んでいった春来楼の女の人たちみたいに、宮殿の人たちを助けたいと思いながら。

『いいえ、本当は誰であっても、何も成し遂げずとも、存在していいはずなので』

そんな俺に女帝様は、言う。

母上の望んだ世界。女帝様なら出来そうだと思った。

『頑張ってそういう国にしてよ』

きっと、女帝様なら出来る。

母上、花街の女の人、宮殿の皆、誰の役にも立てなかった俺に、何が出来るか分からないけど。

『国を変えるなんて大きなことは出来ない、だから出来ることを出来る時に、するだけです。たとえばこうして、貴方からの対価を受け取らない、とかで』

俺に出来ることで、女帝様を助けたい。

七　華燭の典に外れたり

朝起きると、甘い香りがした。この甘さは、香によるものではない。嗅いだことがある。私は見当をつけながらゆっくりと起きると、そこには勇雲がいた。隣には雹もいる。

「お、お前、襲われ……い、今、医者に、医者を呼んでやるからな」

勇雲が慌てた様子でまくしたてる。

「いえ、雷典様が阿片を使用していない限りこれは正当な夜伽となりますので！」

重箱を抱え震える勇雲を雹が制止する。一体どういうことかと隣を見て、納得がいった。

雷典が全裸で寝ている。私は寝衣を着ているが、雷典は体温が高いらしく寝汗をかき、身体も朱に染まっており、完全に夜伽を済ませた後の様相だった。

「何もしていません。彼は夜伽の知識が無い」

「夜伽の知識が無い⁉」

勇雲が声を上げた。雹が「花街育ちで‼」とさらに大きな声で続く。

「はい。こちらとしては好都合ですが」

「え」

雹が私に疑いの目を向ける。現状友好的で目的も一致する雹だが、役人である以上彼女の目的は皇家の血を繋げることだ。夜伽に前向きでないことを知られても困る。

「よ……夜伽の作法の教えがいがある、ので」

最悪極まりないが、こう言うしかない。

「ああ‼　確かに‼　新雪は初めて踏むと、変わった音がするしな」

勇雲が風流なたとえで、その場の微妙な空気を緩和してくれた。さすがだ。育ちがいい。

「はい……」

「なるほど、なので兄様に興味が無かったのですね」

どうやら誤魔化せたらしい。雹は納得している。

実際のところ、雹の兄、蛍雪は美美に気に入られていたようだし、私に対する態度からしても、そもそも夜伽に前向きではない勇雲や、その作法を知らない雷典のようにはいかない。

しばらくは勇雲、雷典、そして二人に殺意が向かない程度に柊焉と夜を共にするから、いい理由になったかもしれない。「新女帝紫苑が花婿に夜伽の手ほどきをしたがる」という印象がつくのは耐えがたいが……。

「でも、どうして勇雲様や雹がここに？」

柊焉や勇雲との夜伽の時、雹は顔を出さなかった。

「朝餉の時間になっても、陛下が起きていらっしゃらなかったので、何かあったのかと……」

雹には夜伽はしないと言っておいたのだから、心配して当然だろう。

「雹が心配しているところへ、丁度俺が菓子を差し入れにきたってわけだ」

と言って、勇雲は重箱を見せた後、

「ああ、でもちょっと作りすぎたか……？　誰かに作るっていうか、作ってもいいことなんて、今までなかったから、つい……悪い」

「楽しいならいいじゃないですか」

重箱の中には、木の実を蜜で絡めたものや、小麦と砂糖を練って揚げたものなど、様々なお菓子がところせましと詰められている。桃の実を模したものなど、すべてが華やかで可憐だった。彼はこういうものを好むのだろう。素敵だと思った。

「なあにこれ」

勇雲のお菓子を眺めていると、私と彼の間に、目を覚ました雷典が顔をのぞかせた。

「……俺が作った」

雷典は驚くわけでもなく、「食べてもいい？」とぼんやりした様子で勇雲に聞く。

「いいけど……」

雷典はのっそりと手を伸ばし、菓子を手に取り一口で食べる。すると、ふっと顔をほころばせた。

「美味しい。優しい味。もっと欲しい」

「あ、そっか、お前、食べないときつい体質だったっけ……好きなだけ食えよ」

「ありがとう……」

雷典は勇雲が菓子を作ったことに対して、引っ掛かりを覚えていないようだ。雷典の自然な態度に、ふっと勇雲の纏う空気が柔らかくなる。

彼は自分について苦々しい口調で話をしていた。貴族について詳しくないが、たまたま貴族の価値観と合わなかっただけで、彼に合う場所はこうして確かに存在する。

「なんだよ」

「なに？」

勇雲と雷典がこちらに視線を向ける。ほぼ同時だった。

「いや、丁度いい二人だと思って」

「変なこと言ってないでお前も食えよ、雹も……普通に食え」

勇雲は私に菓子を勧めてから、雹にも勧めた。雹は「いいんですか……？」と、目を瞬かせている。

「いいって何がだよ」

「情報と引き換えとか」

「そういうのもう、どうでもいい。食べ物は食べるためにある。それだけでいいんだ」

「ありがとうございます！」

雹はすぐに菓子に手をつける。皆が食べているのを見てから、私は勇雲に声をかけた。

「私……三つ、いいですか」

「ああ。好きなだけ食えよ。三つと言わず、もっと食ってもいいぜ」

勇雲の許可を得てから、私は花を模したものふたつ、桃の実を模した菓子を手に取った。そしてそのうち、花を模したお菓子を一口食べる。

「美味しいか？」

「はい、美味しいです」

そう言うと、なぜか勇雲、雹、雷典が嬉しそうに頷いた。


勇雲と雷典と夜伽をした以上、柊焉とも夜を過ごす必要がある。嫌がらせが起きないように、という目的もあれど、誰か一人を寵愛しているという印象を愛月に与えない為だ。

柊焉への謎の特別待遇もそうだが、夜伽をしない勇雲を放っておいたかと思えば私に嫌がらせをした犯人として処刑しようとしたり、阿片疑惑のある花婿を放置していたり、愛月の考えは読めない。

行動が予測出来ない以上は万全を期すべきだ。

それは、目の前の男も同じだが。

「お久しぶりです。女帝様……」

夜、柊焉を宮殿に招いた。彼は蠱惑的な笑みを浮かべながらやってきたけれど、一人だ。新しい護衛の姿はない。彼が殺したと言っていた護衛の後任はまだいないようだ。

「護衛も伴わず、勝手に出歩いていいのですか」

「出歩けているということは、許されているのでしょうね。まぁ、私の女帝様が一人で出歩くなとおっしゃるならば、そのように致しますが」

柊焉は試すように私を見る。

「危険ではないですか。護衛を伴わず」

「確か初めて会った時貴女はお一人だったような」

言い返す言葉が見当たらず、私は話題を逸らすことにした。

「甘いものはお好きですか」

「貴女がお好きなものは私も好きですよ」

「では、こちら、よろしければ」

私は勇雲の作ったお菓子を柊焉に勧める。

「私の為に用意してくださったのですか」

「たまたま残っていただけです」

「ありがとうございます……」

柊焉は花を模した菓子をひとつ手に取り、嬉しそうに口にした。楚々とした振る舞いは洗練されているが、瞳はまるで子供がお菓子を貰って喜ぶように無垢だ。

「甘いものがお好きなのですか」

「貴女が気にかけている花婿が作ったことさえ忘れれば、貴女からの贈り物ですから」

勝ち誇ったような眼差しで柊焉が微笑む。なぜ勇雲が菓子を作ったことを知っているのだろう。

先程までこの男を無垢だと思っていたことに、強い後悔を覚えた。


「始めましょうか」

宮殿は、愛月の手の者がいる。私は柊焉が菓子を食べるのを待ってから彼に声をかけた。

私の言葉を合図に、柊焉は私の頬に手を伸ばす。

二人きりの寝室。子供の戯れのような触れ合いだが、いつどこから愛月がやってくるか、あの女の手の者が見ているかも分からない。雷典の時、そのまま朝を迎えてしまった以上、ある程度、この男ともそれらしく振る舞わなければいけない。

妓女みたいだ。

心を偽りながら、男と触れ合う。

雷典の母親は夜伽の場から彼を遠ざけていた。邪魔だからと言われていたそうだが、そもそも雷典は夜伽とは何かさえ知らない様子だった。花街で暮らし男女の交わりを全く知らずにいることなど不可能なはずだ。そういったものとは無縁の私だって、知識はある。

守っていたのだろう。徹底的に。幼い雷典の目に「嘘」が触れないよう。

だからきっと、「邪魔」というのも、嘘だ。嘘を嘘で隠した。

大切なものを守るためにも、人は嘘をつく。

「護衛の武官を殺してなんかいませんよね、貴方は」

私は、声を潜め愛を囁くふりをしながら男に言う。

「どうしてそう思うのですか?」

柊焉は否定しない。ただ、理由を訊ねる。

「雷典様の宮殿への予算が不当に絞られていることが分かりました。なので勇雲様の助けを借りて、雷典様の宮殿へきちんとお金が回るようにしましたが、その過程で帳簿に奇妙な形跡を見つけました」

雹曰く、雷典の宮殿に、ある人間名義で多額の金が支払われた形跡があったという。ただしその金はすぐに回収されたそうだ。

「……帳簿にあった人間の名は、貴方が殺したという武官。理由は雷典様の宮殿の備品を壊したので、その弁償代だと記載されていたそうです。しかし雹が言うには、ただの役人が到底支払えぬ額だったそうです」

「それで？」

「貴方は雷典様の窮状を憂い、支援しようとした。しかし貴方が直接的に支援するわけにはいかない。そのため、貴方の宮殿の武官が動いた。貴方の指示か、武官自身の考えかは分かりませんが、その結果、武官は愛月様に殺された。違いますか」

「証拠は？」

柊焉は問う。私は見返した。

「では貴方が殺したという証拠は？」

思えば柊焉は人を殺しそうな雰囲気を持っているだけで、武官を殺した証拠も無ければ私はその現場を見たわけでもない。雷典の阿片疑惑と同じだ。

そして柊焉が、私を見たという理由だけでわざわざ武官を殺すとは思えない。それほどまでに私に思い入れを持つ理由が無いし、万が一、人を殺すまで想っているのならば、今この場で私を襲う。なぜならば、彼は結局のところ後宮に縛り付けられた花婿で、女帝と血を繋ぐことが義務だからだ。私を蹂躙したとしても罪にはならない、むしろ国としては正しい行いだ。

しかし柊焉は模擬的に私に触れるだけで、それ以上手を伸ばす気配が無い。

「私が殺しをしていない証拠も無いでしょう？」

「身近な男を殺すほど私を想っておきながら、なぜ、私を求めようとしないのでしょうか」

「触れてほしいのですか？　ならばその望み、叶えて差し上げましょうか」

柊焉は蛇のような眼差しを向けてきた。でも、違う。

「貴方はそんなことはしない」

私は目を逸らさない。

「今までそうしなかった。それに、分かります。目の前の女を人間としてで無く、ただ獣として欲する目は、どうやったって隠せやしない」

「なぜ分かるのですか」

「そんなもの、皇都の外にいれば、探さずとも見ることが出来ますよ」

人間はどこまでも醜くなれる。それを嫌というほど見てきた。

柊焉は先程までの挑発的な眼差しを和らげ、纏っている雰囲気を変えた。意図は分からないが、私は話を続ける。

「その金の流れか、あるいは雷典様の宮殿に金が入ることか、いずれかを良く思わない愛月かその手の者が貴方の護衛を殺した。しかしそれを、貴方が愛月様の手の者の犯行だと言い立てれば、今度は貴方を想う別の者が愛月様に歯向かう可能性がある。貴方を想う者が命を失うことが二度とないように、自分が殺したと言ったのではないですか？　新たな護衛を置かなかったのも、そのためではないのですか？」

柊焉の信奉者は多い。それは彼の周辺環境が物語っている。

「貴方は自分が殺したも同然だと、思っているのではないですか」

もし柊焉の言葉を鵜呑みにして、彼が殺したと思ったのなら、私はとんだ大馬鹿者だ。でも、違う。この男は殺してない。

「私が善の人間だとお思いで？」

「そう思いたいだけかもしれませんが、でも、信じています」

そう言うと、柊焉はふっと息をのんだ。

「……悪い気はしませんが」

夜の眠りのような沈黙の後に、柊焉は呟く。

「私は、貴女を恐怖で支配したかった。ただ、それだけです」

「恐怖？」

「ええ。こんな話を聞いたことはありませんか？　ある国に、優しい皇帝がいた。彼は民の為に尽くそうと、周りの役人に対しても穏やかに接した。失敗も当然許した。けれど周囲は彼に甘え、やがて嘲るようになった。そして彼を無能と判断した身内が、奇襲を仕掛けた。幸い、皇帝を想う人間たちが彼を守ったおかげで、彼は九死に一生を得た。しかし彼を守った多くの人間が死にました。以降、皇帝は優しさを捨て、恐怖で人を導くことを絶対とした。自分に背く人間の首は見せしめに刎ね、衣が返り血で染まろうと、表情ひとつ変えることはなかった。金糸で作られていた衣は血で黒く滲み、いつしか彼のまとう衣はずっと黒色だったそうですよ」

――要するに、人を動かすには恐怖による支配が一番です。

柊焉は嗤う。

「なぜ私を支配したいのですか」

「貴女が欲しいから」

躊躇う素振りもなく、柊焉は私を見据えた。

「夜伽を強行する手もあれど、その効果は不確かですからね。貴女は、紫苑ではないから」

私は返事をしない。少しずつ私の退路を断つようなゆっくりとした間で、柊焉は続ける。

「貴方は、皇都から追い出され平民として育った為、考え方も振る舞いもおよそ貴族らしくない。貴女の言動に関して周囲はそう考えるでしょう。でも、そうじゃない。生まれながらに平民として過酷な状況に置かれていたからこそ、貴族とは異なる価値観を持っている。違いますか」

私は黙って柊焉を見つめる。柊焉は微笑みを消し淡々と話す。

「人が持って生まれたものは変わらない。たとえ途中から平民として生きることになってもです。勇雲がどんなに荒っぽく振る舞おうとも。貴族としての気品は消えない、上書き出来ないものがある。しかし、皇都を出る前に身についていたであろう第一皇女としての当たり前の感性や知識が、貴女にはない。そしてその欠落に気付いていないからこそ、ふとした時に素の貴女が現れる。

認識すら出来ないものを、隠すことなど出来ない」

声も出さず、頷きもしない。無反応の私になお、柊焉は最悪の事実を指摘した。

「後宮に来たのは何か目的があってでしょう？　たとえば、本物の紫苑が殺されたから、その犯人に復讐するため、とか？　しかも、貴女は愛月を疑い、もしそうであったならという仮定のままに愛月へ憎しみを向けている。だから私の護衛の死を、愛月かその手の者のせいだと決めつけるように話をした。愛月への憎しみが、冷静に物事を判断する貴女を惑わせるから」

私は返事をしない。

「犯人を見つけたら最後、貴女はいなくなってしまう。犯人を殺す気だから」

私は返事をしない。

絶対に、邪魔されたくないから。


私には、名前がない。

物心ついた時から、私の周りに大人はいなかった。誰も。

私が存在している以上、世間一般で親と呼ばれる二人がどこかにいて、私が生まれたのだろう。でも私は、二人に必要のない子だった。やむを得ない事情があって私を手放したのならば、おそらく私には名前がついているはずだった。でも、それすらも覚えていない。それでも言葉を話し、ある程度人らしく振る舞えるのは、商人に拾われ、妓楼に売られた結果だ。

妓楼で暮らすようになって、寝る場所や食べるものに困ることはなくなった。でも、そこには別の地獄が待っていた。男たちの目、女たちの争い、人間の醜さ――思い出したくもない、もうひとつの地獄。私はずっと自由が欲しかった。だから客に買われる前日、これは好機だと着の身着のまま逃げ出した。ここを出れば地獄が終わると信じて。しかし私を待っていたのは光あふれた幸福の道ではなく、どこまでも続く貧しさというさらなる地獄だった。

冬の寒さに凍え、夏の猛暑に身を削り、飢えに苦しんだ果てに、襲われる。獣にも、人間にも。

理由は様々だ。同じ貧しさを抱えるものが私がやっとの思いで手に入れたその日の食事を奪おうと襲い掛かってくることもあった。しかし、それよりもたちが悪いのは、金持ちが遊び半分でむしけらのように弄ぼうとすることだった。何も持っていない私からまだ奪おうとする人間たちを嫌というほど見てきた。

奪うだけの生き方は醜い。

しかし正論だけでは生きていけない。だから、私は醜い人間から奪うことにした。

女を蹂躙し、襲い掛かってくる人間を殺した。人を襲う者たちの隙を見て、その持ち物を盗んで売り、生活の足しにした。けれど報いは来る。ある時、乱暴者に絡まれた。

その時、助けてくれたのが紫苑だった。

私は紫苑と出会ってすぐの頃、彼女の詳しい生い立ちを知らなかった。今になって思えば、あれはおそらく皇都から追放されて間もない頃だ。幼い彼女は乱暴者に遠くから石を投げ、隙をついて私の手を引き、その場から逃がしてくれた。なんと勇敢なのだろうか。彼女は私を助けた後、怪我していた私を手当てし、自分だって決して余裕があるわけではなかっただろうに、食べ物を分けてくれた。

紫苑は私の怪我を手当てしながら「行く当てはないの？」と聞いてきた。返事をしなければ彼女は私の腕を引き、小屋へ連れていった。

里や町、人が暮らすような場所から離れた山の中に建つその小屋で、紫苑は老夫婦と暮らしていたらしい。小屋の横には墓がふたつ並んでいて、花が供えられていた。聞けば亡くなった老夫婦の墓だという。その日から、私はその小屋で紫苑と一緒に暮らすことになった。

当時、私は紫苑が第一皇女だなんて知らなかった。高貴な雰囲気から、何か訳ありだとは思ったが、学びも何もない私が紫苑の素性に気付くはずも無かった。一方、紫苑は、私が見るからに平民の中で最も貧しい底辺の部類に入る人間だと気付いていただろうに、何も聞かなかった。お互いに詮索することもなく、ただ、生きることに精一杯だった。

紫苑とは価値観が何もかも異なっていた。この世界はどうやったって報われない。貧しいものは、一生貧しい。それが私の考え方だ。でも紫苑は、いつか人は報われると信じていた。

誰でも幸せになる権利があり、報われるべき。

ただその報われ方、報われる瞬間が選べないだけ。

不幸の選択肢しか与えられない人間はいない。

それが紫苑の考え方。

親に望まれずに生まれ、名前もない私にそれを言ってのけた。だから「親に望まれない人間だっている」と言えば、紫苑は平然と返してきた。

『親に望まれないからと言って、不幸になっていい理由にはならない。親は結局他人だし、親が望まなくても他の誰かが望んでくれる。誰からも望まれる人間がいないように、誰からも望まれない人間なんていない』

そして、こう続けてくれた。

『私を引き取ってくれた老夫婦は死んでしまった。私は一人だった。貴女がいなければ私は死んでいたわ。だから、私には貴女が必要だった。私は貴女を望むし、今まで貴女が貴女を望まない人間ばかりに囲まれた人生だったのなら、これから沢山貴女を望む人間と巡り合えるだろうから、待ってなきゃ駄目よ。辛いかもしれないけれど、勿体ないわ。貴女は絶対、幸せになれる。絶望するには早すぎる』

親は結局他人。

今振り返れば、それは彼女自身が思っていたことなのだろう。

彼女の心の叫びのような言葉は、真っ直ぐ私の心に突き刺さった。

『それに名前が欲しいなら、私がつけるわ。私で良かったらだけど、とっておきの名前を』

名前なんて、生まれた時から持ってない。だから今更あったところで、使い道が無い。そう言うと彼女は「私が呼ぶから」などと言う。私のどこまでも暗く、荒んだ考えや言葉を彼女は受け止めながら簡単に打ち返す。

美しい眼差しで。

理想だけの正しさならば、おそらく私は拒絶していた。理想だけの正しさは、時に真夏の太陽のように、隠しておきたい心の暗い部分までも照らし出す。でも彼女の正しさは優しかった。正しすぎず、彼女の言うことなら信じられる、そんな気にさせてくれた。彼女は地獄しか見てこなかった私にも希望を持たせてくれる、雨上がりにかかる虹のような存在だった。

そんな虹が、消えた。

私が小屋を留守にし帰ってくると、紫苑は何者かに殺された後だった。

何を奪われても良かった。備蓄していた食料も、服も、拾い集めた金目のものも何もかも。

紫苑の命以外、何を取られても良かったのに紫苑の命だけを奪われた。

紫苑の亡骸を抱え途方に暮れた果てに、なんとか彼女を弔わなければと、棺を作った。やっとの思いで埋葬したあとも、心の整理がつかない私の前に、皇都から迎えが来たのだ。

私を紫苑と誤解した迎えの役人は、第二皇女で現在の女帝である美美が死んだことを告げた。

そして、「貴女が次の女帝になる」と言ったのだ。私はその時、初めて紫苑が第一皇女であることを知った。

あとは簡単な推理だ。

現在女帝である第二皇女が殺され、次の女帝になるはずの第一皇女・紫苑までもが殺されたならば、政治がらみの殺しの可能性が高い。もしも私がこのまま誤解を訂正せず、第一皇女のふりをしていたら、紫苑を殺した人間はまた紫苑――偽物の私を狙ってくる。

博打も同然だった。でも、何も持たない私が紫苑を殺した犯人を捜すためには、紫苑のふりをするほかなかった。

偽物と知られ殺されてもいい、紫苑を殺した犯人を見つけたかった。

しかし後宮に入り良く分かったことがある。

紫苑がどれほど辛い目に遭っていたかだ。

第一皇女の紫苑は、母親である女帝・愛月に冷遇された果てに皇都の外へ追いやられた。それから長い年月を経ているから、顔かたちが違っても誤魔化せたのだ。現に迎えにきた者たちは、私が紫苑であることを疑っていなかった。しかし、紫苑のそばにいた人間は、私が偽物だと気付くのではないか……そんな私の警戒をよそに、誰も私が偽物だと気付かない。

女帝であり、紫苑の母であるはずの愛月ですら。

それは紫苑への無関心を如実に物語っていた。私には好都合だったが、同時に愛月への憎悪が湧いた。

あの女が殺したのでは。

第二皇女に皇位を継がせるために紫苑を皇都の外へ追いやった。さらにそれだけでは飽き足らず、殺したのかもしれない。しかし、その証拠が無い。

私は紫苑を殺した人間に、復讐したい。

生まれて初めて、私を望んでくれた紫苑の復讐を……。

しかし、皇都の人間を討つ以上、命がけになる。復讐した後、逃げる気もない。機会は一度だけだ。だから、確実な証拠を摑み、確実に犯人の命を奪いたかった。

「私は、貴女が何者であっても、いえ、何者でなくても構わない。ただ、貴女が欲しいのです。貴女だけが欲しい」

私が後宮に来た経緯を話し終えると、柊焉はまるですべて予測していたかのように、平然と言った。

「……」

「なので、貴女に協力します。幸い、私は貴女に協力出来る手立てがある――私は、紫苑の双子の兄ですから」

紫苑に、兄？

紫苑の兄だということは、柊焉は女帝の息子――愛月の子ということだ。女帝の子供が地下に幽閉されているなんて。そう思うと同時に紫苑がされた酷い仕打ちが頭をよぎり、柊焉の告白がより一層信憑性を帯びていく。

「柊焉と紫苑、どちらの名前も、死を連想させ忌むべき文字とされる『し』から始まる。終わりの響きも同じです。それに柊焉の柊も紫苑も、冬に花を咲かせます。花の多くは、暖かい季節に咲くもの。冬の花は異質な存在。要するに女帝にとって紫苑と私は、異質なものでしかない」

兄弟姉妹の名前は、名前の文字や音を揃える場合があると、雹が言っていた。

「さらに、貴女は知らないでしょうが、貴族にとって双子は忌むべき存在です。年を変えて二人生まれれば、人は繁栄に繋がると祝う。しかし双子であれば、どちらに後を継がせるか争いが発生する。災いを呼び込む種となる」

柊焉は淡々と話し続ける。

「だから私は生まれてすぐに幽閉され、その存在は一部の人間を除いて秘匿され続けてきたのです。でも、美美が女帝になると決まると、私は兄であることを隠したまま花婿に選ばれた」

「そんな、つまり、禁忌の」

柊焉が紫苑の実兄。ならば、美美とも兄妹。柊焉を花婿にするということは、兄と妹で血を繋げることになる。

「愛月は実の兄妹で血を繋がせることで、より強い血を残そうとしたのか、あるいはただの気まぐれか……しかし、さすがに双子の妹とでは血が濃くなりすぎると思ったのか、貴女が戻ってくることになって、私は再び幽閉された」

絶句していると、「そんな酷い話は信じられませんか？　でしたら双子の証拠をお見せしましょうか？」と柊焉は世間話をするように目を細める。

「証拠？」

「はい……紫苑と生活を共にしたのならこの痣のことも知っているのではないですか？」

柊焉は自らの衣を暴いていく。これまでこの男はただの一度も己の衣に手をかけたことはない。絹を滑らせ胸をこちらに見せてくる。

「謀りが起き悪用されないよう、ごく一部の人間しか知らない秘密です。だからこそ貴女は今まで偽物と知られずに済んだ」

そこには、紫苑と同じ花の形の痣があった。

「皇家の血を継ぐ者は、胸に花を抱いて生まれてくる。私も紫苑も、同じ女の腹から生まれているのですよ」


柊焉が帰っても一睡も出来ず、そのまま朝を迎えた私は、宮殿の庭にいた。

柊焉が、紫苑の兄。

紫苑と血が繋がっていて、それでいて愛月を良く思っていない男。

そして私が紫苑でないことに気付いていた。

一日経っても心の整理がつかない。向こうは私に協力すると言っている。


私の目的は紫苑を殺した人間を見つけること。それは当然、一人で行うこと。しかし今に至るまで紫苑殺しの犯人を見つけられていない。紫苑のことや後宮の事情を良く知っているであろう柊焉の力を借りたい。しかしあの男の目的が、いまいち良く分からない。

味方に、なるのだろうか。

物思いにふけっていると、視界に花がちらついた。後宮の各宮殿の庭には四季折々の花が植えられている。

紫苑は花が好きだった。花畑があれば「天国みたい」と笑う姿は天女のように高貴だった。

それでいて、私を暴漢から助けて手当てをしたり、飢えた子供がいれば食べ物を分ける逞しさや優しさを持っていた。そういう人だった。

私は天国に行けない。

親から捨てられ、何も与えられなかった私。

高貴な家に生まれながら捨てられ、挙げ句の果てに殺された紫苑。

ああ、彼女はどれほど苦しかったのだろう。その胸の内を隠し、どんな思いで私の前で笑っていたのだろう。

私は、花に手を伸ばす。その時だった。

「探したぞ、女帝、こんなところにいたのか」

自信に満ち溢れた声が響く。振り返ると蛍雪が立っていた。

感傷から現実に引き戻され、私は「なんでしょうか」と平静を努める。

「柊焉、勇雲、雷典と寝たと聞いた。だから俺から来てやったんだ。わざわざ、俺から」

「あ……」

ここのところ、勇雲の嫌がらせ、雷典の阿片疑惑と忙しく、雹から話を聞くだけで蛍雪と直接顔を合わせる機会は全くなかった。そもそも、彼は俺より次期女帝の血を繋ぐに相応しい者はいないと言っていたし、夜伽に前向きな花婿だ。ゆえに部屋に招けば夜伽をすることになってしまうので、これからも夜を共にする気はない。適当に理由をつけて、柊焉、勇雲、雷典とだけ夜を過ごしていきたい。

「そのことなのですが、少々――」

この男は雹の兄。雹は中々一筋縄ではいかないところがあれど、根は真っ直ぐだ。そして雹の話から、二人の関係性は悪くないように思う。

経験のない男のほうがいい、という勇雲の誤魔化しが効くかもしれない。紫苑の評判が落ちるのは不本意だが、犯人さえ見つかれば本物の紫苑の評価は取り戻せる。

「私は――」

「蛍雪と夜伽か。ならば次の満月の時が好ましいだろう」

冷ややかな声がした方を見る。蛍雪も同じように、血相を変えて振り返った。唯我独尊のこの男にこんな表情をさせる人物は、きっと一人しかいない。この国の、頂点に立つ女。

「古来より、満月の夜は子が授かりやすいという。丁度いい」

そう言って、愛月は私と蛍雪を交互に一瞥し、邪悪な笑みを浮かべた。

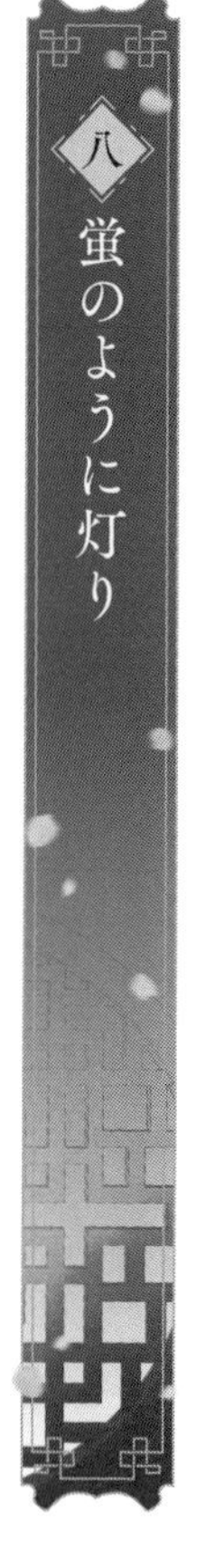

八 蛍のように灯り

満月の周期は大体二十九日から三十日だ。

次の満月は五日後だ。

今回、どうして愛月がこんなに強硬に蛍雪との夜伽を勧めてきたのか。

蛍雪、そして雨奏は美美と関係があった。要するに花婿として機能していた。その一方で、勇雲も雷典も夜伽の義務から逃れていた。それどころか愛月は勇雲を一時殺そうとしていたし、雷典も……殺すに至らないまでも、阿片使用の疑惑のあった平民の出身だ。

愛月にとって二人は優先順位が低いのかもしれない。貴族は他人のことなんて見向きもしない。目を向けることがあっても、それは虐げる時だけだ。

でも、変わり者もいる。紫苑だ。紫苑は平民の生活に堕ちたとはいえ、自分より弱い立場の人間を守ろうとし、そのためなら自分を犠牲にすることを当然としていた。

そんな紫苑と血の繋がりがあるという、柊焉。

未だ心の整理がついていないが、柊焉は翌日の夜も、当然のように私の宮殿にやってきた。

「……お呼びしていませんが」

「夜這いでもしようかと思いまして」

柊焉はしれっと言ってから、私の寝台に座る。

昨夜見た彼の胸には、確かに紫苑と同じ痣があった。今は衣で見えないが、完全に、紫苑と同じものだった。

私と紫苑は、冬になると一緒に湯あみをしていた。湯を沸かすには時間がかかるのに、冷めてしまうのは早い。一緒に入れば節約になるからだ。その時、私は紫苑の胸の痣を見た。

誰かにやられたのか聞いたら、生まれつきだと言っていた。家族にもあると珍しく目を伏せて話す紫苑に、それ以上追及することは無かった。

私は話せる過去が無かったので、紫苑も同じだと思っていたが、今になって思えば彼女の場合は、過去の記憶はあっても話せない過去だったのだ。

そんな紫苑が、殺された。彼女は幸せになるべきだったのに。

「それに、雪の男と夜を過ごされるのでしょう？　ならば忘れられぬよう、その前に私を貴女に刻んでおかねばなりませんから」

柊焉が微笑みながら言うが、瞳は相変わらず暗いままだ。何を考えているか分からない。

彼が言う通り、蛍雪との夜伽は決定事項だ。

しかし、犯人を見つける前に孕んで動けなくなるわけにはいかない。最悪、眠りの香でも焚いて蛍雪を眠らせる。

「……私が夜伽を遂行するとお考えで」

言い返すと、柊焉は薄く笑った。

「いいえ？　貴女は望まないでしょうね。あの男が紫苑を殺した犯人について知り、真実をかけ貴女と取引しない限りは。ただ、美美の死因は愛月の意向により明らかになっていません。亡骸は防腐加工をして自らの宮殿に保存しているそうですが、それを見たものも、限られた人物だけだと聞きますから。毒殺された可能性もある以上、犯人はまだ後宮の中にいる可能性があります。そんな中で蛍雪に手の内を見せるのは、悪手でしょう？」

確かに柊焉の言う通りだが……美美の死因は、愛月の意向により隠されていることがある。

「……お待ちください。美美の死因は、それよりも引っかかることがあるのですか」

「そうですよ。まぁ、国の歴史から鑑みても自然なことですがね。毒殺されたと発表すれば、毒殺出来る環境にあったと他国に知られることになる。刺殺でも撲殺でも同様です。そんな隙があることが露呈することになるし、嘘を言えば矛盾をつかれる。しかし言わなければ、娘を亡くして悲しんでいると、誰も表だって余計な詮索は出来なくなるでしょう。言わぬが花、ということです。貴女の正体と同じ」

「言わぬが花？」

「ええ。沈黙は金、とも言いますね。本心や真実を明かさぬことで得をすることもあるのですよ」

愛月は紫苑は女帝になるに値しないと言って美美に継がせることにしたが、どう考えても紫苑のほうが女帝に相応しい。愛月は、数々の政策により転覆寸前とも噂されたこの国の乱れた政を正したと言われているが、正当な理由もなく他人の髪を切り落とすような娘を育て、そんな娘を溺愛していたのだから程度が知れる。

しかし、後宮に入るまで、美美のそうした気質については聞いたことがなかった。

愛月が上手く隠していたのだろう。

「貴族は大変ですね。隠し事が多くて。何を言うにも気が抜けない」

「まぁ、人は人に言われたい言葉をかける、とも言いますからね。言われた通りのことをそのまま受け取っていても、最良には辿り着けない。ただ……貴女が蛍雪と契り、貴族と平民の子を次期女帝として君臨させ、愛月の鼻を折ってやろう、などと考えれば、私はそれを絶対に邪魔します。これが私の本心です」

「愛月に恨みがあるのは貴方も同じではないのですか。それとも、皇家の血の繋がりについて思うことがあるからですか」

「いいえ？　私は貴女が欲しいからですよ」

「私はただの平民ですよ。いや……平民よりずっと、悪い育ち方をしてきた。親の顔すら知らない」

「だから何だというのですか」

柊焉は即座に返す。その速さに、心臓のあたりがひりついた。

「前にも言ったでしょう。貴女が何者であっても、たとえ何者でなくても構わないと」

ありえない。そんなことはありえない。私は視線を落とす。逃がさんとするように、柊焉が続ける。

「私は……貴女を好いている」

「貴方が恋なんて幻想を見るようには思えません」

「私もです。恋しいなんて感情は、私の世界になかったはずでした。愛月——いえ、この世界すべてへの恨みで、そんな感情を持つ余地なんてない。自分で自分を救うほか道がない。私の前には確かに暗路があったはずなのに、貴女が現れ、すべて変わった。貴女のせいで、私は私でいられなくなった。過去の苦痛を思い出しすべてを恨む時間が、貴女を想い苦しむ時間になった。貴女が私を壊したのです」

　嘘偽りを感じない声音だった。真意が読めない言葉ばかり発するのに、今、彼は、もがき苦しんでいるのを隠さず、訴えているように思う。

「……貴方はいつから私が紫苑ではないと気付いていたのですか」

　だからこそ私は逃げの返答をした。

「初めからですよ」

　柊焉が私を真っ直ぐ見据える。

「貴女がここにやってきた時からです。紫苑が皇都を出てから会っていないとはいえ、人の纏う雰囲気はそうそう変えられない。育ちを変えられぬように。だから私は、最初から不愉快だった。何もかもすべて」

　当初は、底知れないと感じていた瞳が、何か形容しがたい感情に揺れているように見える。

「貴女が私に初めて会いに来た時、それは確信に変わった。貴女は隠された花婿——私の存在に気付いたが、私が貴方の兄だということを知らなかった」

私は自分の迂闊さに絶句した。

「しかし、偽紫苑の子を女帝にするという復讐以外にも選択肢があると私に教えたのは貴女だ」

「選択肢……？」

一体何のことだろう。

「今なお紫苑が根付く貴女に言っても面白くありません」

柊焉は不貞腐れた様子で私を見る。

「根付く……？」

この男は一体何を言っているのか。

「さっさと、紫苑を殺した犯人を捜して、貴女の気持ちを紫苑から私に向けたい。今の私の望みは、それだけです」

「妹の為に、頑張れませんか」

「同じことを美美の姉である紫苑に言えますか？」

痛いところを突かれた。でも、早く犯人を見つけたいのは私も同じだ。

蛍雪との夜伽で何が起きるか分からないし、紫苑を支援しようとしていた女官を密告した人間も、誰か分かっていない。

蛍雪との夜伽まで、あと三日。紫苑を殺したのは誰か。愛月なのか。私は真相を調べるために雨奏に会うことを決意した。彼は催淫効果のあるお茶を出してきたことから警戒し、関わらないようにしてきた。

美美の寵愛を得ておそらく愛月との繋がりも深い彼が、愛月の意向である蛍雪との夜伽の邪魔をしてくる可能性は低い。

今、私によからぬことをすれば、それは愛月の意に背くことになるからだ。彼に近づくならば、今こそ好機だ。

しかし――、

「俺からわざわざ来てやったぞ、喜べ、女帝」

宮殿を出ようとすると、待ち構えていたかのように蛍雪がいた。私の後ろに控える雹が「兄様？」と驚いた顔をするが、蛍雪は視線を彼女に向けることは無い。

「申し訳ございませんが……女帝様はこれから雨奏様のもとへ向かわれる予定で」

雹が動揺したのは一瞬で、武官の顔で言う。私はこれから雨奏のもとへ行き、彼を調べたい。

「雨奏？」

雨奏の名を聞いた蛍雪が眉間にしわを寄せた。

「はい」

「あいつは前の女帝の寵愛を一身に受け、あいつもまた前の女帝にしか眼中にない男だ。お前とは幼い頃に交流があったと聞くが、過去の感傷に浸り昔の男に縋りつく女など、女帝として相応しくない。やめろ」

昔の男に縋りつく？

それは一体どういうことだ。しかし私は、紫苑じゃない。昔のことを教えてほしいなど言えないし、記憶がないとして振る舞うにも、もう、ここに来てしばらく経つ。そんなことを聞けば不審がられるし、なおかつ記憶が無いことを愛月に知られれば、何をされるか分からない。

私が偽物だと気付きもしなかった、愛月。

あの女は、実の娘である紫苑への愛が無い。道具としか扱ってない。紫苑殺しの黒幕かどうか分からないが、あんな女は死んだほうがいいと思う。

でもきっと紫苑は、死んだほうがいい人間なんて、どこにもいないと言うだろう。そうじゃないと、名前すらない私が、自分なんか死んだほうがいいと思ってしまう、なんて優しいことを考える人だったから。

「そもそも蛍雪様は……どうしてこちらへ」

「皇都の外の暮らしが長かったんだろう？　夜伽の前に、俺と夜伽をするに相応しい女になってもらわなければいけないからな」

ふん、と蛍雪は鼻を鳴らす。こうなってしまっては、無下に出来ない。雨奏の宮殿に向かう計画は変更し、先に蛍雪から紫苑と雨奏についての話を聞いたほうがいいだろう。私は蛍雪の話にのることにした。

「お前は一体何なんだ。貴族としての嗜みをすべて皇都の外に捨ててきたのか⁉」

女帝の宮殿の客間に蛍雪の声が響き渡る。

突然やってきた蛍雪の提案で、私は雨奏の宮殿へ向かうのを取りやめ——やめさせられた私は、そのまま蛍雪から、皇都を出ていた女帝に貴族としての教養がどれほど残っているかの確認をされている。しかし……私は紫苑ではない。貴族ではないし教養なんて無縁の生活を送ってきた。

「陶器の目利きも出来ない‼　織物の名前も分からない‼　これでは平民同然だろう‼」

平民同然ではなく、平民以下の生まれだ。でもそんなことを言えるわけがなく、私は「申し訳ございません」と詫びる。すると、雹が首を横に振った。

「兄様‼　女帝様は陶器や織物の目利きは出来なくても、阿片中毒かそうでないかの判断が出来ます‼」

「は？」

蛍雪が私を怪訝な目で見る。おそらく普通の貴族は阿片中毒かどうかの判断なんて出来ないし、それが出来るなんて、あらぬ誤解を生む。実際、蛍雪は「お前、何か皇都の外で良からぬことを覚えてきたのではないか」と私を疑ってきた。

「そんな物言いは陛下への不敬にあたります。慎んでください」

しかし誤解を生んだ張本人の雹が割って入る。

この調子では、紫苑に関する話も聞けそうにない。

「ふん、不敬といえば、俺なんかより、もっと不敬を働いた勇雲を見かけたな」

蛍雪が探りを入れるような目で見つめてくる。

「勇雲に会ったのですか？　どこで？」

後宮の中では、基本的に婿同士が顔を合わせる機会はめったにない。

「ここに来る途中だ。あいつもここに来ようとしていたらしい」

「それで？」

「帰らせた」

蛍雪が当然のように言う。

「ど、どういうことでしょうか」

「俺の夜伽の直前に他の男と契り、お前が懐妊でもしたら、生まれてくる子がどちらの子か分からぬことになってしまう。そんなこと、あってはならない。俺は尊い存在だからな」

出た、尊い。そして蛍雪は、なんとしても女帝に自分の子を産ませる気のようだ。愛月が雨奏を差し置いて薦めてきたという点が気になるが、溺愛していた美美のお気に入りだった雨奏が私と夜伽をするのが気に入らない、と考えれば辻褄が合う。

とにかく蛍雪との夜伽を回避する策を練らなければいけない。

蛍雪との夜伽まで、あと二日。

紫苑殺しの犯人の調査や夜伽回避の策は難航していた。なぜなら。

「夜伽まであと二日しかない。それまでに完璧な女になれ」

女帝の宮殿で、書物を抱えながら蛍雪が自分の眼鏡の位置を整える。

「陛下はすでに完璧です」

「完璧なわけがないだろう。至らぬところばかりで」

「陛下への不敬にあたります。口を慎んでください」

雹が注意に入る。このやりとりを見たのは何度目だろう。あれからずっと、蛍雪は女帝の宮殿にいる。そして私は椅子に座らされ、机に書物を積み上げて、勉強、勉強、勉強と追い立てられる。今までも女官から監視されていたはずだが、それよりもずっと厳しい状況だ。これでは紫苑殺しの調査のために外に出ることも出来ない。

夜伽回避の策も考えられず、紫苑を殺した犯人捜しも出来ない。

「よし、次は愛月様の行った政策とその際の国家の収支記録を頭の中に叩き込んでもらおうか。しばし待て」

そう言って蛍雪は自らが持ち込んだ大量の書物をあさりはじめた。なんとかして蛍雪に帰ってほしいが、上手い口実が見つからない。辟易としていれば、誰かに膝をつつかれた。足元を見ると……。

「え、ら、雷典様!? なんで……」

「しぃ」

机の下に、雷典がいて、自分の唇に人差し指をあてている。いつからいたのか分からない。さらに雷典は――女帝の着るような赤い衣を着て、私と似たような黒髪姿だった。

「待ってて」

そう言うと、部屋の入口に視線を移した。しばらくすると、「お茶と菓子をご用意いたしました。ご休憩にどうぞ」と——女装した勇雲がやってきた。

「ゆ……」

「しっ」

雷典は私を一瞥するとすぐに首を横に振る。

「なんだ。女帝に休憩する暇なんてないぞ」

書物から顔を上げた蛍雪は不満そうにするが、彼は机の下に潜む雷典のことも、入ってきた女官の正体にも気付く気配がない。

「休憩をしてお菓子を召し上がることで、学びの効率が上がるとのお話もあるのですよ」

女官に扮した勇雲が淑やかに菓子を勧める。蛍雪は「くだらん、手を止めている暇などない」と、書物に視線を落とした。

「いま」

すると雷典がぐっと私を机の下に引っ張り、私になり替わるように自分が椅子に座った。そして手元にあった書物を食い入るように眺める姿勢で、顔を隠す。

雷典が身代わりになる、ということだろうか。

「それでは、菓子はこちらに置いておきますので」

「いらん、全部持っていけ」

蛍雪は見向きをすることもなく、冷ややかに返す。雹は「私が食べます」と嬉しそうだ。

「承知いたしました。それでは……こちらに」

勇雲が私を手招きした。雹が止めに入るかと思ったが、目が合ったものの、何も言わない。護衛として大丈夫なのか？　宮殿を脱出出来そうなのは幸いだが、不安に思っていると廊下に出たところで勇雲がこちらを振り返った。

「お前、蛍雪に軟禁されてるって雹から聞いたぞ、大丈夫かよ」

「え、雹からですか？」

助けに来てくれたのは、蛍雪に追い返されたからではないのか？

「ああ。蛍雪がお前と……」

「私となんです？」

「だ、男女の仲になることもせず……後宮での役目を果たさず、勉強しかしていないと聞いて……」

「ああ……それで‼」

雹は愛月からの命で私の護衛をしている。彼女は愛月の手の者であるが、彼女なりの独特な価値観とそれに準じた命令への解釈がある。

「愛月様が、お前と蛍雪の夜伽を勧めたんだろ？　普通なら、兄である蛍雪との仲を取り持とうとしそうだが……あいつ、お前の役目は夜伽をして子を産むことであって、勉強することじゃないのにって。なんかこう、蛍雪がお前を人として扱っていないとか、蛍雪に人の心がないというようなことを言ってて……それで、お前のことを連れ出せたけど」

雹なら言いそうだなと思う。

「雹は女帝はただ子を産むためだけの存在じゃねえんだぞって、言った。でも、お前は子供を産む役目を愛月様から賜っていて、それは命懸けの役目だから、あいつなりにお前を守りたいと思っているみたいだった。だから勉強？　は学者に任せて、元気な子を産むことに専念すべきだって言ってて……同意しづらいけど、雹がお前のことを考えて言っている以上は、否定も出来ねえなって……」

「そうですね……」

蛍雪と勇雲――貴族同士でもこうして価値観の齟齬があるのであれば、平民の私の価値観なんて、理解されるわけがない。しかし、紫苑との暮らしは、考え方の違いは感じても、世界が異なるとは思わなかった。見ているもの、目指すものは同じだったからだ。

だが、皇都の人たちとは見ているものも目指すものも違う。隠せない。だから柊焉は私を平民だと見破った。雷典、蛍雪、そして雹は私をおそらく「皇都の外で暮らしていたから仕方ない」として受け入れている。そもそも、彼らは本物の紫苑と会ったことが無いだろう。蛍雪もだ。

しかし愛月は、違う。紫苑の産みの母親であるのに、私が偽物と気付かない。

「勇雲様は、愛月様についてどう思われますか」

私は人目を気にしながら問いかけた。

「どうって……そもそも、関わりがないから、女帝としか」

「優れた人間だと思いますか」

「まぁ、そうなんじゃないか。優秀だってみんな言ってるし、俺は政に疎いけど、結果出してるみたいだし。この国はかなり豊かになったらしいぞ。愛月様によって」

「では愛月様を尊敬しているのですか」

「……いや尊敬って言われてもな……皇都はどんどん発展してるし、愛月様のおかげだというのはもちろん分かるけど……でも、雷典みたいなのもいるわけだろ？　話を聞いてると相当苦労してるみたいだし、お前も……。皇都の中は豊かだろうが、その外はそうでもないんだよな？」

「はい」

「皇都の外も、この国のはずだろ。だから……何で助けないんだろうなって、思ってる。愛月様が優秀で強いお方なら、皇都の外の人間だって助ける余力はある。でも実際、発展しているのは皇都ばかり、皇都の外はそうじゃない。俺が女帝の立場なら、皇都を発展させるだけじゃなく、皇都の外も含めて国中を上手い具合に、苦しい人間が出ないように……してるのになって。すごく幸せな人間が三人、苦しい人間が七人の世界より、幸せも不幸もそこそこの住人ばかりの世界のほうが俺はいいと思うから。変な考え方だろうけど」

「確かに変ですね」

「うっ、やっぱ、変だよな」

勇雲は呻く。

「でも、別に悪くないと思いますよ。人と違うことは」

紫苑なら、きっとそう言う。私はずっと彼女の言葉を借りている。彼女の言葉に救われて、こうして生きている。あの言葉が人の心を楽にすることを、私は知っているから。

「かつて、私にそう教えてくれた人がいるので」

そう続けると、勇雲は「ありがとう。なら、それを教えてくれた人にも礼を言わないとな」と笑った後、急に声を潜めた。

「……ここだけの話にしてくれるか」

「もちろんです」

「前に、俺の宮殿に勤めてる古株の奴らから聞いたことあるんだよ。愛月様が寵愛していた花婿……お前の、父親の葬儀の話」

「私の、父親」

厳密にいえば、紫苑の父親。そして柊焉の父親。

「第二皇女が生まれてすぐ、毒を盛られて……儚くなっただろ……お前に記憶があるかどうか分からないが……周りの女官は気にしたらしいんだよ。子を産んですぐの母親は、心の面でも脆いし、花婿が死んだなんてなおさらだろ？　なのに……」

——全く問題ないわ。この子がいるもの‼

「そう言って、今まで見たことない顔で、笑ってたらしい」

勇雲が俯きがちに言う。普通なら心を壊してのことかと疑うが、あの愛月が心を壊すとは思えない。

「かなり前に聞いた話で、今までは気にしてなかったんだ。でも俺が処刑されかけた時、愛月様がいただろ。その時、お前を見る目……変だったって言うか、無関心っぽいっていうか。娘を見る目じゃなかった。お前とだけ、血が繋がってないんじゃないかって……思うくらいだった。全然、違うから」

紫苑は虐げられながらも最後まで高貴さを失わない女だった。周りの邪悪さを反面教師にして育つ場合もある。しかし私は私から奪い、私を蔑む人間を見て、それをそのまま学んだ。

だから第二皇女の加虐性は、血ではなく愛月に育てられたことによって得たものではないか。

「これから、どうする？　しばらく俺の宮殿で休むか？」

「いえ、調べたいことがあるので、これで」

「何か、事件でもあったのか？」

「事件ではないのですが、雨奏様について調べたいことがあって」

蛍雪は紫苑と雨奏に縁があるような話をしていた。

もし彼が私が偽物だということに気付いていたならば愛月に密告し、夜伽ではなく処刑が進められているだろう。

でも、愛月も雨奏も気付かないなんてそんなことがあるだろうかと、疑問が浮かぶ。

だからこそ、知りたい。雨奏について。

紫苑を殺したのが誰なのか。知りたい。

そして仇をとったならもう、私はどうなってもいいから。

私は半ば奇襲を掛けるような形で、雨奏の宮殿を訪ねた。

「まさか、女帝様が直々にお越しくださるとは」

前触れもなく現れた私を前に雨奏は、驚きつつも柔和な笑みを浮かべる。とても催淫効果のあるお茶を飲ませようとするとは思えない。

「ええ……最近、忙しくしていたもので。ようやく時間が出来ましたから、ゆっくりお話をさせて頂けたら、と思いまして」

この奇襲にどう出てくるかだ。紫苑は美美より先に死んでいる。愛月ではなく美美が自らの手の者に紫苑を殺せと命じていたならば、紫苑を仕留めた報告をこの男が聞いていてもおかしくない。その後、美美が死に、偽物の紫苑が舞い戻ってきたら――偽物が女帝の座を狙って美美を殺した、と考えるだろう。でも、紫苑を殺したことは内密なので、表だって私を偽物だと糾弾出来ない。言えば、紫苑が殺されたことをなぜ知っているのかということになるからだ。

私は紫苑を殺した人間を殺したい。

同じようにこの男も、美美を殺した人間に殺意を抱いているのかもしれない。

「お話？」

「はい。美美のことで」

紫苑から妹の話が出たことは一度もなかった。美美が即位したのは三年ほど前だが、後宮で聞いた話を総括すると、愛月は美美が生まれた時から紫苑ではなく、美美を女帝にすることを決めていたようで、教育の面でも格差があったのは確実だ。

「私と美美は、中々話をする機会が無く……そもそも私は十歳の時に皇都を出てしまったので、美美がどんな風に暮らしていたか、どんな女帝だったのかを知らないのです」

私は妹想いの女を演じるが、紫苑のようにはいかない。紫苑はこんな話し方なんてしない。紫苑はもっと優しく穏やかで、陽だまりのような話し方をする。それでいてまぶしすぎない、そっと隣にいてくれるような声音だった。

そんな紫苑を殺したかもしれない美美。もしそうなら死んで当然だし、この男が共犯ならば、この男も美美と同じ目に遭わせてやりたい。

でも紫苑はきっとそんなことを望まない。これは紫苑のためじゃない。

複雑な感情で雨奏の返事を待つと、「なるほど」と、わずかに口角を上げた。

「私の家は蛍雪と同じく、元々皇家に近い血筋ですので、もしかしたら姉上である女帝様よりも、美美様と話をした回数は多いので、知っていることは多いかもしれません。元々私は、美美様の婚約者でしたしね」

「え……？」

雨奏が、美美の婚約者？　驚きを態度に出さぬよう、「申し訳ございません、何も存じ上げず」と続ければ「無理もありませんよ、ずっと皇都の外で暮らしていたのでしょう？」と雨奏は穏やかに首を横に振る。

「第一皇女の紫苑様が女帝様になられるもの、というのが当時の認識でしたから、私は美美様がお生まれになった時に婚約者となったのです。しかし、美美様が次期女帝になることが決まり、

紫苑様が皇都を立つことになったため、私は婚約者ではなく第一花婿になったのですよ」

雨奏はまるで一から説明をするように話す。

「……なんて、他人行儀すぎるでしょうか」

かと思えば、悪戯をするように笑った。

「私は美美様の婚約者でしたが貴女とは幼い頃から面識がありました。懐しいですね」

「だいぶ前のことなので、覚えていません」

下手な相槌を打つより、忘れたとしたほうがいいと判断した。

「酷いな。忘れてしまわれたのですか」

「すみません」

私は形ばかりの謝罪で済ませる。そんな幼い頃の記憶は忘れて当然だし、そもそも忘れてしまったことを責められるいわれはない。美美が紫苑を殺したならば、この男も私の敵だ。紫苑の敵は、私の敵だ。

「私は覚えていますよ。きちんと」

「さようですか」

忘れたことを責めるように言う男が、不快だった。だから何だと言ってやりたい。覚えていたから何なんだ。仮に紫苑が死んだことと無関係だとしても、平民の私が偽物の紫苑だと気付かない時点で程度が知れる。気付かれないのは都合がいいことなのに、かつての紫苑を知り、その人となりを知っていただろう人間が、偽物だということに気付かないことにいら立ちが募る。

紫苑への無関心が浮き彫りになるから。

「……雨が降り出しましたね」

ふいに雨奏が窓辺に視線を移す。私の宮殿を出た時は晴れていたが、いつしか空は雨雲で覆われ遠くでは雷鳴が響いている。

「凍てついた雪が解け、雨に至り、人に恵みをもたらす」

「え――」

「雪は儚く、空を舞う姿は美しい。しかし降り積もった雪も、やがては跡形もなく溶けていく。そして、その雪解けの水で人は命を繋いでいく。美しいと思いませんか」

「……吹雪で失われる命もありますよ」

「はい。雨も同様です。雷も。曇りが続けば植物は枯れる。過ぎたるは及ばざるがごとし、陽の光もまた同様です」

「……そしてすべてが、永遠に存在するとは限らない。もどかしく、ままならない。永遠なんてない。幸も不幸も、同じ」

私は雨奏を見る。彼も私を見ている。

雨が軒を叩く音がする。絶え間なく。

「もし、蛍雪様との夜伽が本意ではないのなら、協力しますよ」

雨音に潜ませるように、雨奏が囁く。

「蛍雪は、自分が女帝の第一子の父親になることを望んでいます。まぁ、当然の話です。ただの花婿でいるより、ずっといい。政への介入も可能だ」

「貴方とここで契れと？　そして孕めと？」

「そんな野蛮な話ではありません。要するに、蛍雪が自分は女帝の第一子の父親になれない、今、夜伽をしたところで父親が誰だか分からないと思わせればよいのです。彼は自らを尊いものだと自負している。そんな自分がないがしろにされることを、何よりも嫌う。だからこそ、貴女の価値を高めようとして、学びを与えているのでしょう」

　ないがしろ。

「それに愛月様は、皇家の血が繋がることを望んでいる。たまたま、夜伽に積極的な蛍雪様が身近にいたので、それを利用したに過ぎない。私がそばにいてその気になっていれば、私を選んでいたはずです」

　そう聞いて、ハッとした。

　確かに愛月は血を結ぶことを希望している。今回蛍雪との夜伽を勧めてきたが、蛍雪を第一子の父親にしろとは言っていない。だからこそ雹は、今日私を逃がした。

　私は雨奏を改めて見る。

　彼はただただ、柔和な笑みを浮かべていた。


　雨が上がった夕刻、宮殿に帰ると、そこには怒りを露わにした蛍雪がいた。

「貴様、尊い俺の学びから逃亡するとは一体どういう了見だ」

蛍雪はまるで獣を乱暴に捕まえるように、右手に雷典、左手に勇雲の首根っこを摑んでいる。雷典はお菓子がきれているようで、ぐったりした様子だ。勇雲がなんとか抵抗しているが、蛍雪はびくともしない。後ろでは雹が「兄様」と止めようとしているが、「下がれ、花婿と女帝の問題だ、愛月様の意向に逆らうのか」と一喝した。

そこまで言われれば、雹は動けない。

「二人をお放しください」

「俺とお前の時間を妨害した。俺は愛月様の命によりお前との夜伽を控えている。その邪魔をした二人は愛月様に刃向かったも同然だ。愛月様に突き出してもいいんだぞ」

蛍雪はいつにもまして傲慢な声音で私を睨む。

「そうまでして、次の女帝の父となり政に介入したいのですか。権力を欲するのですか」

蛍雪は貴族だ。何もしなくても十分な地位があり生活も保障されている。しかしなぜ、それ以上を望むのか理解出来ない。無いものを求めるのは分かる。けれど彼はもう、持っている人間のはずだ。

「俺が尊いからだ」

「尊い人間は権力を持つべきと言いたいのですか」

「当然だ。持つべき者が人の上に立ち、人を導かなければならない。当然だろう」

「醜い考えです」

私は思わず蛍雪を睨み返した。

持つべき者の特権。人の上に立ち、導く。その象徴たる、愛月の顔が脳裏によぎる。

あんな女今すぐ死んでしまえばいい。紫苑を産んだ。しかし、とてもそうは思えない。紫苑を皇都から追放し、第二皇女が思うまま振る舞おうと止めることをしなかった、そしていともたやすく人を殺すあんな女が、人の上に立ち、あまつさえ人を導くことが当然とされるなんて狂っている。

「くだらない。貴方もくだらない」

「なんだと……‼」

蛍雪は目を大きく見開き、雷典と勇雲から手を離しこちらに向かってきた。すると勇雲が懐からお菓子を取り出し、雷典の口に入れる。

「お前、俺が一体、どんな思いで……俺は、俺だけじゃない、俺を守った民の――」

そう言って、蛍雪がこちらに手を伸ばしたその瞬間、

「やめろ」

低い声が響く。

蛍雪の手を、雷典が掴んでいた。脱力した雰囲気は一切なく、目つきも鋭い。蛍雪は振りほどこうとするが、蛍雪よりずっと小柄なはずの雷典はびくともしない。

「女に手を上げる男は、汚い」

そう言って、雷典は掴んだ蛍雪の腕を振り払う。

「お前……」

「失せろ」

雷典は無表情で蛍雪を見返した。こんな雷典は見たことがない。

蛍雪はしばし沈黙すると、無言のまま去って行く。

雷典の豹変に驚いていると、彼は「だいじょぶ？」といつも通りの柔らかい声で問いかけてきた。

「大丈夫です……ありがとうございます……というか勇雲様も雷典様も大丈夫ですか？」

「ああ。俺のせいで雷典がお菓子ぎれを起こして……突っ伏してな、それで蛍雪にばれて……悪い。調べ物は進んだか？」

「はい……多少は」

勇雲の話で、蛍雪に脱走が知られた経緯の想像がついた。

「それより、雷典様、そんなに、強かったんですか」

雷典は花街では子供ながらに用心棒のようなことをしていたようだし、自衛に関してある程度の知識はあるだろう。しかし、先程の雷典は、いつもの気だるげで華奢な雰囲気からは想像も出来ない、人を何人も殺してきたような殺気があった。

「花街では、女の人に乱暴する人に、ああやって帰ってもらってたから」

花街の客には軍人もいる。中には力尽くで厄介な要求をする客もいる。だからこそ、腕の立つ用心棒が必要だ。雷典はそうした用心棒を間近に見て育ったのだろうから、相当な腕を持っているのかもしれない。

「女帝様」

雷典は改まった様子で私を見る。

「何ですか」

「助けてほしい時、言って。助けたい……から、ちゃんと」

雷典の切実な声の響きに私は戸惑いながら頷く。

「っていうか、夜伽、どうするんだよ。蛍雪は明らかに乱暴してくるだろ」

考えていると勇雲が不安げに聞いてくる。

「させない」

「させないって言ったって夜伽の邪魔をしたら処罰されるぞ」

「知らない。女の人に乱暴する男は死んだほうがいいから」

吐き捨てるように言う雷典に、勇雲は「殺しは……」と言いよどむ。

「そのことですが、勇雲様、雷典様。お二人に協力をしていただきたく」

そんな二人に私はある提案をすることにした。

「え、俺たちに出来ることがあるのか？」

「はい……厳密にいえば、あと……もう一人の協力が必要になりますが」

愛月の意向に沿いながら、蛍雪との夜伽を阻止する作戦。

そのためには花婿たちの協力が必要だ。

権力に興味が無く、私と目的が一致している花婿たちが。

「卑劣漢に襲われたそうですね」

蛍雪との夜伽の前日。

柊焉の宮殿を訪れると、鉄格子の向こうの彼は当然のようにそう言った。

夜伽の時のみ牢獄を出ることを許されているが、未だ柊焉の身元は秘匿されたまま。自由に出歩くことは許されていない。それなのに、相変わらず情報が早い。

「卑劣漢、蛍雪様のことですか」

「不愉快です。あんな男の名前など口にしないでください」

なんなんだこの男は。

「あんな男と言われても、私は愛月により夜伽を命じられているので」

「存じ上げております。そして何か、策があることも」

柊焉はこちらの考えを見透かすように笑う。いや、実際見透かしているのだろう。

「はい。満月の夜伽の当日は、蛍雪様だけではなく、勇雲様、雷典様、そして貴方と同時に過ごす予定です」

とんだ色情女になってしまうが、他の花婿たちも同時に過ごすとすれば、自身を尊ぶ蛍雪はおそらく反発するだろう。愛月は皇家の血が続くことを望んでいる。その意向に背くわけではない。今後の夜伽はすべて複数の花婿たちを集めてとすれば、蛍雪は引き、少なくとも策を練るためしばし行動を停止するに違いない。

勇雲、雷典、柊焉の排除にかかる可能性が高く根本的な解決には至らないが時間稼ぎにはなる。そしてその間に、紫苑を殺した人間を見つければいい。

「紫苑にふしだらな女帝という汚名を着せることになりますが、いずれ私は偽物と知られる」

「ふふ、貴女の心は、紫苑に占められているのですね」

「ずっと、生きる意味が分からなかった。今もそれは分かっていませんが、でも、少なからず生きていてもいいかもしれないと思わせてくれたのは紫苑でした」

こんなどうしようもない私ですら、助けた紫苑。

紫苑によって助かる人間は、きっともっと沢山いたはず。勇雲も、雷典も。

「美美ではなく紫苑が女帝になるべきだった」

「しかし、紫苑はもうこの世にいない。女帝は貴女ですよ。貴女が去れば、愛月の世が続いてしまう」

「続かない」

「え」

「貴方がいる」

私は柊焉を見据える。紫苑の兄ならば、柊焉は皇家の血を引いているということだ。

「紫苑を殺したならば、私は愛月を討つ。国は混乱する。その時、貴方が国の上に立てばいい」

「私は、地下に幽閉された花婿ですよ」

「でも、上に立つに相応しい血筋も能力もある」

柊焉は雷典を支援しようとしていた。阿片中毒者を支援しようとする人間なんていない。つまり柊焉は雷典が潔白——早い段階から雷典の真実に辿り着いていた、ということだ。

「ずいぶんと私を買ってくださるのですね」

「はい」

「しかし私は、貴女の思うような男ではありませんよ。現に、私は今宵、貴女との時間よりも、卑劣漢が滅ぶさまを、楽しみにしていたのですから」

「え」

「気になるならば散歩でもしましょうか」

柊焉は唇に弧を描くと牢の扉に手をかけた。そして鍵がかかっているはずの扉が音もなく開くと、柊焉は牢獄には相応しくない高貴な足取りで外へ出てきた。

なぜ気になるのなら散歩なのか。私は不思議に思いながらも柊焉についていくことにした。

「明日は満月だからか、今宵は随分と明るいですね」

すべてをけむに巻くような語り口で、柊焉は宮殿の外に出ると石畳みの道を進んでいく。私は黙って後を追うと、辿り着いたのは後宮の中にある大きな池だった。

「それではこちらで愉しみましょうか」

柊焉は茂みのそばで私を振り返る。

「そんな冗談もお話しになるのですね」

即座に返せば彼は少し嬉しそうにした。

「何がそんなに嬉しいのですか」

「嬉しい？」

「はい。どうして今、笑うのだろうと思って」

柊焉は不気味な笑みを浮かべることが多いが、今は純粋に嬉しそうだ。

彼は一体、何を考えているのだろう。何を目的としているのだろう。

「どうなんでしょう。貴女は……私の予想外の言動をする。そうかと思うと期待通りの言葉を言う。それが、新鮮なのかもしれません。思い通りになりそうなのに、そうはいかない貴女が、愛おしい」

「……愛おしい？　まだ出会ってそこまで月日は経ってないと思いますが」

「月日なんて関係が無い。人の気持ちが動くのは一瞬です。愛おしいと思えばすべて愛おしく思う。それを貴女が教えてくれた」

「……はあ」

この男のそういった感情は良く分からない。適当に相槌を打っていれば、柊焉は「いましたね」と池の向こう岸を見やる。そこには蛍雪と——何やら怪しげな男がやり取りをしていた。

「近づいてみましょうか」

柊焉の言葉のままに、私たちは気付かれないように二人に近づいていく。やがて二人の会話が聞こえてきた。

「随分と上質な阿片ですね、蛍雪様の統べる土地は、こんなにも素晴らしいものが取れるのに、どうして今まで処分なんて勿体ないことをしていたのですか。商売をなされば、貴方様の望む雪害対策の事業も進んでいたことでしょう」

怪しげな男が蛍雪から包みを受け取りながら問う。

「……阿片は毒だ。人を壊す」

「毒も薬も表裏一体、阿片を求める者は多くおります」

「だが、違法だ」

「ええ。知られてしまえば違法です。なれど後宮には丁度いい存在がいるではないですか、雷典様という便利な存在が」

「そうだな」

蛍雪は短く返事をする。

阿片の商人に、蛍雪が阿片を売っている？

「それではこちらに契約締結の判を――」

商人は深紅の手帳を懐から取り出す。蛍雪は複雑そうな表情で懐から印を取り出した。

「彼の領地では、阿片の元になる植物、ケシが自然に育つのです。発見されたケシはこれまでは当然処分していましたが、売って財を築こうとしているんですよ」

私の疑念に答えるように、柊焉が言った。

「雪害というのは？」

「彼の家が治める地域は発展し豊かなものの、数年に一度大雪が降ることがある。ひとたび大雪が降れば雪崩が発生し、ひとつの集落が丸ごと消滅してしまう。しかし雪崩がいつ、どこで起こるか分からない。起きるか起きないか分からないものに金は出せないと、愛月は考え、対策費用の出し惜しみをする。あの女は美美の頼みごとになら、どんなくだらないことにも湯水のように金を使ったが、美美や自分に関係のないことには、見向きもしない。それどころか、見ていないことにも気付かないのですよ」

——さて、どうしますか。

柊焉はまた笑う。

「今蛍雪と話をしているのは、商人の手下です。商人は明日、後宮を訪れます。夜伽の前です。貴女が告発をすれば、色情の不名誉な印象を貴方の愛しい紫苑に与えずとも、夜伽を阻止出来る。それどころか、阿片売買を行う不届き者を罰したと、名誉を得ることとなるでしょう。それこそ、誰かを殺すことを望まない紫苑の意向を汲むことが出来る。この場で最も有利に動けるのは貴女です」

夜伽に一番積極的な蛍雪が私の障害となるのは明白だった。

柊焉の情報収集能力からして、彼は蛍雪が阿片商人と繋がった瞬間も、知っていたような気がする。そして契約締結の今に至るまで情報を伏せ、泳がせ、じっくりと好機を待っていた。

そうすることで、私にとって最も有利な状況を用意した可能性が高い。

ややあって、阿片商人の手下は去って行く。すると蛍雪が呟いた。

「これで、いいんだ……これで、皆を……助けられる……」

苦悩に満ちた言葉だった。

私は手のひらをぎゅっと握りしめる蛍雪を見つめる。

「……貴女が国の上に立ち、蛍雪の代わりに雪害の対策をすればいいだけのことです」

邪悪な響きで柊焉が囁く。

「自分の目的のために、阿片を売ろうとしている」

「雪害の対策をするためにですよね」

「ええ。されど阿片売買は多くの人を苦しめる立派な罪。貴女はそれを告発することで有利に立ち回れますよ」

蛍雪を助けることは、すなわち阿片を売ろうとした人間——罪人を助けることになる。

そして私は夜伽を望まない。

脳裏に、私を助けたいと言った雷典の表情がよぎる。彼はきっと花街の女たちを助けられなかったことを悔いている。

私だって紫苑を助けたかった。一番助けたかったのに助けられなかった。その苦しみはきっと死ぬまで永遠に続く。

「……もういい」

ややあって、私は呟いた。

「何が良いのですか」

「私は難しいことは考えられない。疲れた。うんざりだ」

「では」

「私は育ちが悪い。そして何も持っていない——だから、思うままにやる」

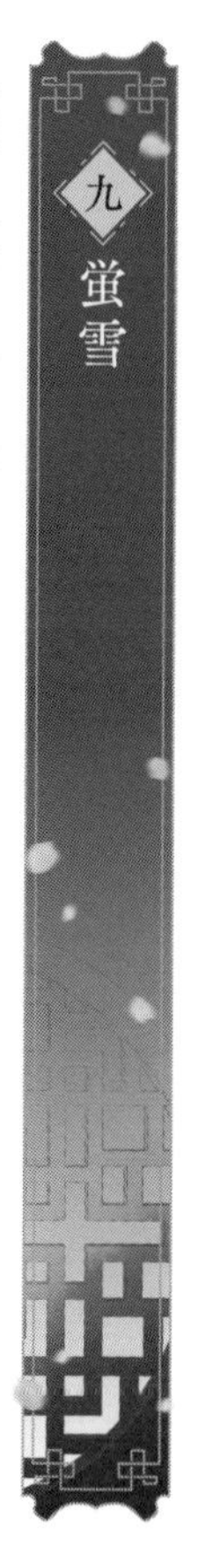

花婿は夜伽の前に様々な支度を行う。女帝に無礼が無いようにするためだ。身を清め香を纏い、夜伽の際に邪魔になる胸の装飾を解く。それが正しい順序だ。

ただそれは、夜伽の直前で構わない。しかし思うところがあった俺は、鏡越しに、いつも身に着けている装飾を眺める。

金属や小さな石で出来たその装飾は、俺を助けるために散って行った家臣たちの遺したものを寄せ集めて出来ている。この命はいつでも家臣と共にあり、なおかつ他者の命を犠牲にしてまで生き長らえている俺が、価値のある人間であり続けられるよう、見張っていてもらうためだ。

「どうか俺を許さないでほしい」

俺は装飾を外すことなく、約束の池のほとりに向かう。

俺の故郷は、皇家の後ろ盾で発展した土地だった。しかしながら、冬になると度々大雪に見舞われ雪崩が起きる。両親は何度か皇家へ助力を求めたが、大雪が発生しない年もあり、いい返答は得られなかった。

だから俺は自ら陣頭指揮を執り、皇家を頼らず雪害対策を行うことにした。元々、国へ助力を求める過程で調査は済んでおり、対策を実行に移すだけ。資材や人材は足りなかったが、そのぶん時間を長くかけることで対処しようとした。

しかし、対策にあたっている途中のこと。季節外れの嵐が起きた。

山の木々が倒れ、土砂崩れが起き、川が氾濫した。雪崩だけではない自然の脅威に晒されなお俺がこうして生きているのは、家臣たちが守ってくれたからだ。

自らの命をかけて——皆、俺を守る為に犠牲になった。

俺の命は、一人の命じゃない。俺を守り死んでいった皆の命も背負っている。

だから俺は、尊い。尊い人間でなくてはならない。俺を守り死んでいった家臣の死を、無駄にしないためにも。

「蛍雪様、お待ちしておりましたよ」

約束の場所に向かうと、阿片商人と昨夜契約書を交わした商人の部下が立っていた。夜伽まであと少し。手短に済ませたい。向こうは向こうで、無断で後宮に入り込んでいることを知られれば処刑される。俺もまた、ただでは済まない。

「今宵は満月だというのに、雲にかかって月が見えませんねぇ」

「ああ。丁度いい。約束の品はこれだ」

のんびりと言う男の言葉を遮るように、抱えていた包みを阿片商人の前に差し出した。俺の故郷は、ケシが育つに適した環境らしい。どんなに根絶やしにしても、いつの間にか芽を出し育つ。両親は植物の駆除に苦心し、卑劣な人間がケシを狙うこと、それらを使ったり売ったりすることを避けるべく、自領のケシについては内密にしていたが——なぜか後宮に出入りしている商人はそれを知っており、阿片商人を紹介すると取引を持ち掛けてきた。

だから俺は両親に、「皇家で調べる」と嘘をつき、ケシの実を集め信用出来る家臣に頼んで阿片を精製させた。そして少しずつ、実家からの荷物に紛れ込ませて阿片を後宮に持ち込んだのだ。後宮はある意味、治外法権で花婿たちの荷物が調べられることは、まずないからだ。

雪害の対策の資金にするために。

阿片で破滅していった人間を、知りながら。

「こたびはお譲り頂きありがとうございます。蛍雪様の寛大な御心、感謝してもしきれません」

そう言って商人はずしりと重い阿片を受け取ると、当然のように立ち去ろうとする。

「待て、金は」

「はて、一体なんのことでしょう?」

商人はとぼけた顔をする。俺はさっと血の気が引くような感覚を覚えた。

「ただで譲るなんて言ってない。相応の金を用意すると言ったのはお前だろう‼」

「それはすなわち私に阿片を売るということになります。良いのですか？　花婿である貴方が阿片をお売りになるなんて」

「阿片は所持するのも売るのも違法だ」

「ええ。しかし、知られなければ罪にはならない」

阿片商人が不敵に笑う。同時に、後頭部に激痛が走った。倒れ込みながら何が起きたのか後ろを見やれば、見知らぬ男たちが立っていた。どうやらほかにも手下がいたらしい。

「貴様……謀ったか」

「当然でございます。生き馬の目を抜く世の中、賢く生きていかなければいけません。馬鹿な選択をすれば、死ぬだけです。死ぬような選択をした貴方が悪い」

──自己責任です。

商人はせせら笑う。激痛に悶えていると、手下の一人が俺の装飾に手を伸ばした。前の女帝に奪われないよう服の裏に留めていた、装飾。それが外れてしまったのだ。

「高く売れそうだぞ、これ」

「ついでに売っておくか」

そう言って、装飾を奪っていく。

「やめろ‼　それだけは……‼　返せ‼」

装飾は、俺を守り死んでいった家臣たちの遺品を組み合わせて作り上げたものだ。家臣たちの死を無駄にしないよう、心に留め置く──いや、この先も共に在るために。

「大切ならしまっておいたら良かっただろ」

「これもまた、自己責任だ」

手下たちがせせら笑う。嫌だ。俺は、俺は皆を、皆のために、雪害の対策も出来ていないのに。

決死の思いで男たちへ手を伸ばす。しかし、屈強な男に押さえつけられて立ち上がれない。あの時と同じだ。俺を助けてくれた家臣たちに、何度も手を伸ばした。でも家臣たちはその手を決して取らなかった。

『生きてください蛍雪様』

『私たちは貴方と共に在る』

『貴方が生きてくだされば、私たちは姿はなくとも生き続けることが出来ます』

『大丈夫です』

そう言って、俺を守ってくれた家臣たち。

「哀れな貴族様、清い心をお持ちのようだ。人を疑うことを知らない。私めもそのような清らかさが欲しかった」

あっはっは、と阿片商人が声を上げて笑う。その手下たちも笑い、あたりに笑い声がこだまする。ああ、こうして笑っているということは、人払いが済んでいるということだ。

駄目だ。もう、どうにもならない。

せっかく、家臣たちが助けてくれたのに。俺は——、

「本当に羨ましい限りだ。人を疑わず生きていける清らかさ。私も欲しかった」

ひやりとした声が響いた。それまで笑っていた男たちが、ぴたりと笑うのをやめる。

声の主を待っていたかのように、雲で隠れていた満月が、その姿を現す。月の光に照らされて、女の姿が浮かび上がった。赤い衣——女帝だ。

「女帝……？　どうして……」

なぜここに女帝がいる。今日は夜伽のはずだ。目の前の状況が理解出来ない。阿片商人たちも同じらしく、「女帝だと？」と、戸惑いを見せていたが、すぐに「見られたからには仕方ない、

こいつと一緒に殺してしまえ」と俺を指さす。

「じょ、女帝は関係ないだろう‼　それに皇家の血を繋ぐことの出来る唯一の者だぞ‼」

「そんな女帝様を、阿片狂いのお前が殺した……そんな筋書きにすればどうということはない」

「貴様……‼」

商人たちを止めようとするが、地面にねじ伏せられて動けない。

「女帝‼　逃げろ‼」

そしてなんとか声をかけるが、女帝は微動だにせず、男たちを見据えて笑った。

「何がおかしい」

女帝の笑みに違和感を覚えたらしい阿片商人が問う。

「いや、自分たちも似たような手段を取っているにも拘わらず、考えが及ばないのかと思って」

女帝は馬鹿にするように返した。

「なんだと」

「さっき……お前たちは後ろからその男を狙った。ならば自分たちも背後から狙われるかもしれないと、疑わなかったのか」

「は……」

「囮(おとり)だよ、私は」

女帝が口角を上げた。その瞬間、突風が巻き起こり、ざっと木々が揺れる。同時に周囲の男たちがうめき声を上げ、次々と倒れていった。

「一体何が……ぐぁ」

「おい、どうし……うわぁっ」

「……ばっ化け物‼」

なんとか立っていた男が、人の形をした何かに向かって怯える。よく目を凝らして見てみると、花婿の一人、雷典だった。彼は雷が落ちるような速度で俊敏に動きながら次々と男たちを足技でねじ伏せていく。軽々と飛び上がり、巧みな武術を駆使している。普段何のやる気も見せないか弱そうな人間と、同一人物であることが信じられないくらいだった。

「女を殺そうとする男なんか皆死んじゃえばいいよ」

月明かりに照らされながら、雷典は一人、また一人と男たちを倒していく。

「うっ」

そして、俺を押さえていた男がうめき声を上げながら倒れた。そばには剣を持った雹が立っていた。

「兄様、大丈夫ですか」

「ひょ、雹、これは、ど、どういう」

「どうも何も、助けに来たんだよ。あっ、頭、血が出てるじゃねえか。今手当てするからな」

雹の後ろから、花婿の勇雲が現れた。勇雲は俺の頭に手を添え、懐から取り出した布をあてはじめる。

「違う、俺は、騙されて……」

この状況を説明しなければ、なんとか助からなければ、雪の被害を――。

混乱しながらも打開策を考えていると、雷典が「全部知ってるよ」と男をなぎ倒しながら言った。

「女帝様が、お前が領民の為に阿片を売ろうとしてるって、でも助けてほしいって……阿片売る奴なんか大嫌いだけど……でも、売る前に止めたら、売ってない奴になるから」

「じょ、女帝が……？」

俺は女帝のほうを見る。女帝は俺の装飾を奪った男と対峙しているところだった。

「女帝様……随分無防備だな、お仲間を戦わせておいて、自分は高みの見物か、さすがはお貴族様、考えが甘い」

「そう見えるか」

「ああ。正しさを気取ったおせっかいと、囮になるなんて自己犠牲で正義の味方にでもなったつもりか？　それでみすみす殺されるんだからな……‼」

そう言って男は女帝に襲い掛かるが、女帝は特に慌てる様子も無く男の腹を蹴り上げた。不意を突かれた男はその場にうずくまる。

「正しさなんて腹の足しにもならないもの、私が持っているわけないだろ、馬鹿が。商いをしてるくせに見る目が無いな。贋作と本物の区別もつかない節穴だ」

女帝はため息を吐き、男から俺の装飾品を奪い取った。そのまま女帝は俺の元へやってきて、横たわる俺のそばにしゃがみ込む。

「それ……は、俺の……大事なものなんだ……返してくれないか……」

「はい。ただし、条件があります」

女帝は先程男たちにしていた乱暴な言葉づかいではなく、改まった様子で俺を見た。

「な、なんでもする……」

家臣の形見、どうしても取り戻したい。懇願すると女帝は言う。

「なら、雪害の対策について教えてください」

「え」

「私は貴女の言う通り、教養がありません。雪害の対策を進めたいのですが、ご協力のほどお願いいたします」

そんなことが、あっていいのか。

ずっと叶えたいと思っていた願いが、叶う。信じられず女帝を見上げれば「いかがですか」と当然のように見返してきた。

目の前には、俺に望みを託してくれた家臣たちが遺した品を組み合わせた装飾がある。

ああ、なんてことだろう。俺は大きく頷いた。

「もちろんだ、女帝様」

「どうして、俺を助けてくれたんだ」

阿片商人を後宮の役人に引き渡した後、夜伽の時刻になり私の宮殿に蛍雪がやってきた。

「考えることに疲れたからです」

寝台の上で私は即答する。蛍雪が阿片商人の手下とやり取りをしているのを見た後、私はその足で勇雲、雷典のもとに向かった。勇雲、そして阿片に関して因縁がある雷典には蛍雪の事情を伝えた後、助力を頼み、雹には後宮に阿片商人が入り込んでいるのを蛍雪が囮になり、調査していると作り話をした。

雹は愛月の手の者——でもある。たとえ蛍雪の妹であっても。

成敗した阿片商人たちを雹が王城の役人に引き渡すと、ようやく夜伽を迎えることが出来た。

「で、勇雲と雷典がここにいるのは……」

「お前が女帝を襲わないよう見張る為だろうが」

首をかしげる蛍雪に、勇雲が即座に反応する。

「襲う……」

蛍雪は視線を落とした。その気があったのだろうか。

「そんなことは、もうしない」

「もう?」

雷典が眉間にしわを寄せた。蛍雪はしばらく黙った後、私に向き直る。

「すまなかった。数々の非礼とこのたびの不始末、お詫び申し上げる」

「別に構いません。こちらこそ、貴方の事情を知りもせず、申し訳ございませんでした」

私が頭を下げると、蛍雪は「女帝が頭を下げるんじゃない」と止めた。

自分は尊いだとか、強気な姿勢を貫いていたけれど、どうやら謝る時は謝れる謙虚な面もあるらしい。

「で……も、これからどうするんだ。夜伽はその……四人で行うのか」

「しません。興味が無いので」

「だ、だとしたら皇家の血はどうなるんだ」

「絶やす気もないですが、その方法については、今はお教え出来ません」

皇家の血を——紫苑の血を繫ぐことは出来る。紫苑と同じ痣を持つ存在がいるからだ。その素質もある。

「なのでこれから夜伽の際には、ふりをする、ということでご協力の程、宜しくお願いします」

「と、当然だ。雪害についてのこともあるし……お前は恩人だからな」

「そのことですが……この場にいるほかにも、貴方を助けようとした者がいます」

「え」

蛍雪は目を丸くする。私はその者の存在なしに、蛍雪と阿片の繫がりを知ることは出来なかった。

その者は合同での夜伽を嫌がり、今、この場にいない。

「それは、一体誰なんだ」

蛍雪が問う。

「柊焉様です」

私は、一呼吸おいて答えた。


「合同でのお楽しみはいかがでしたか」

蛍雪たちと夜伽を終えた次の日の夕刻、私は柊焉を鉄格子のある部屋から連れ出して、宮殿の庭にある池のほとりを歩いていた。雹は私たちが見える離れた場所で待機しているので、会話を聞かれることはない。

「特に何もないですし、そもそも貴方は夜伽を楽しいこととは思っていないのではないですか」

「ええ、貴女が他の男と夜を共にしたなどと、許せませんからね。ここで貴女を突き落としてしまおうか悩みます。いずれ貴女は、遠くへ行ってしまうでしょうし。今ここで殺せば、もう誰にも触れさせないことが出来る」

柊焉は衣で自らの口元を隠しながらも、瞳に弧を描く。

「もし貴方が本当に人を殺そうと思っているなら、宣言などせずもう殺しているのでは？」

「なぜそうお思いに？」

「宣言をして逃げられる、あるいは警戒されて返り討ちに遭う可能性だってある。そこまで貴方は思考する。感情のままに話すほど、愚かではない」

「……さようですか」

柊焉は目を細める。気のせいかもしれないが、私が言い返すと彼はどうしてこうも雰囲気を和らげ、嬉しそうにするのだろうか。少し居心地が悪くなり、私は彼から視線を逸らす。

「それに……貴方が看破したように、私は育ちが悪い。もし池に突き落とされたら、やられっぱなしではなく、貴方の腕を摑んで巻き添えにしますよ」

「それは心中のお誘いでしょうか」

「……は？」

「嬉しいです」

花を咲かせるように、彼は顔をほころばせるが、私は首を横に振った。

「私はともかく、貴方は生きていたほうがいいでしょう。教養もあり、実行力もある。この国にとって必要な人間です」

私がそう言うと、彼は私をじっと見つめてきた。

「なんです」

「いえ、今の貴女の言葉、まるで、自分は生きていないほうがいいような言い方でしたから」

柊焉はどこか諭すように話す。

「まぁ、価値はない」

「ありますよ。貴女には生きる価値がある」

――それに、と柊焉はそばにあった花を指さした。そこには柊焉や紫苑が持つ痣と同じ形をした花があった。

「私は何者であるか勝手に定義される、皇家の血の繋がり……おぞましいものです。水面や鏡で己の姿を見るたびに、私はそれを思い知る。私は愛月の血を引いている。愛月から生まれ、愛月のもとで育った。私がどんなにあの女を否定しても、それは変わらない。それどころか、きっと私の中には似た部分やあの女から得たものが存在している……生きていないほうがよいのは、むしろ私でしょう」

柊焉の声音からは、悲観を感じなかった。彼は自分がいないほうがいいと、当然のように話をしている。

「……私は、たまたま紫苑と共に暮らし、女で年齢が近いことから、――紫苑として後宮入りしました。でも、偽物は偽物です。本物には絶対になれない。私は紫苑と同じになれない。同じように、貴方は貴方で、愛月は愛月です」

柊焉から、愛月の要素を感じない。紫苑もまた同様だ。二人は愛月の血を引き、彼女に育てられた部分があるかもしれないが、愛月の思考を受け継いではいないと思う。

「それに、貴方が愛月と同じなら、紫苑の名を騙る私を、今まさに湖に突き落としている。それこそ、何も言わず……それに貴方こそ阿片売買なんてしないでしょう?」

蛍雪が阿片商人と取引する現場を見て、ふと引っかかったことがある。

女官がわずかな疑いだけで簡単に殺される中、阿片商人が後宮に入り込めるのは、いくら何でもおかしいのでは、と。

これまでの話から察するに、阿片商人は蛍雪と出会い、阿片取引の話をして、池のほとりで私たちに目撃され、実際に取引を行い――四回、場合によっては蛍雪の信頼を獲得するために度々後宮を訪れていた。さらに最終的には蛍雪の口を封じるために、複数の男を伴いやってきていた。

そう簡単に、後宮に入ることが出来るだろうか。それも、前の女帝が死んでおり、なおかつ現在の女帝が懐妊せず、私が死ねば皇家の血が絶える可能性がある状況下でだ。

それに、雷典の阿片中毒の噂に関しても、不可解だ。雷典は花街出身で、いわば国が歯向かえないような強さを持つ貴族の血筋でもない。花婿が阿片にやられているなんて、平民の私ですら、醜聞だと分かる。

「……貴族出身の勇雲様の処罰が早急に進められたのに反して、平民出身の雷典様の阿片中毒が放置されていた。阿片中毒者を花婿としていて、得なんてあるはずがないのに。その一方で、女帝の宮殿の女官は、紫苑に味方しているとすぐに知られ、殺された。蛍雪様が私を夜伽に誘った時、愛月がすぐに来て、わざわざ夜伽の日にちを指定してきた。そして夜伽当日、最も女帝が無防備になる時に、阿片商人が後宮入ってきて阿片の取引をしようとした。後宮です。勝手に商人が入れるはずもない。それでも入れたのは――愛月の策略ではないでしょうか」

証拠が無い。でも、後宮で、こんな無理を通せるのは愛月しかいない。

それに、愛月が優れた経営手腕により傾きかけた国を発展させたと言うが、その金の出どころは一体どこにあったのか。

「愛月は、阿片売買により財を築き、いざとなれば花婿に罪をかぶせることで難を逃れる、そんな風に考え、政を動かしているのではないですか」

「証拠は？」

「阿片商人の記録に、記述があります」

そう言って私は、紫苑の遺したあるものを懐から取り出した。

「紫苑の日記です。彼女がまだ王城で暮らしていた頃に庭で拾った帳面を再利用したと言っていました。紫苑はこの手帳の冒頭に書かれている文字を見て、書き損じをしたことで誰かが捨ててしまったと解釈していた。でも、違う。この手帳は、平民にしか分からない記号で、阿片売買について記載されている。この国の――阿片貿易の記録です」

私は紫苑の手帳を柊焉に差し出した。平民にしか分からぬ記号や符帳を用いたもので、普通の貴族には分からない。私はこれらの記号や符帳を、私を拾った商人や、妓楼の人間から教えてもらった。もちろん、教養をつけるなんて高尚な目的のためではなく、生きるために必要だったからだ。

貴族育ちの紫苑には書いてあることの意味なんて分からなかっただろう。成長してもなお、国ぐるみで阿片貿易に手を出していたなんて想像もしなかったはずだ。私とは、生まれも育ちも違うから。

紫苑の死後、この日記を目にした私は、もしかしたら紫苑が、知らず知らずのうちに阿片貿易に加担していたのでは、と怖かった。でも、一連の流れからして、阿片貿易を行っていたのは紫苑ではなく愛月だ。この手帳にある取引の日や金額と、蛍雪が見せてくれた国庫に巨額の利益がもたらされた記録が完全に一致している。愛月の優れた政治手腕というのは、こういうことだったのだ。

「この証拠を貴方が愛月に突き付け国の上に立てばいい」

私は柊焉に言う。

「少し冷えてきたようです、お部屋までお送りしましょう」

柊焉は私から視線を逸らす。そしてふいに遠くをじっと見つめた後、問いかけを無視して歩き出した。このままでは、柊焉の本音を聞き出すことが出来ない。私は柊焉の後を追った。

「平民の私に、紫苑の代わりは務まらない。それよりも兄である貴方がこの国を、よき方向に導いてくれたら、きっと紫苑も喜ぶはず」

説得するような言い方だ、と自分でも思う。

「私に国の上に立つ素質があるとお思いですか？　私は貴方に狂うただの男ですよ？」

「……勇雲に手を下すと言って、結局のところ、貴方は何もしなかった。ただ、彼の処罰の前、私にこう言った」

――人の恨みは恐ろしいものです。どんな人間も、簡単に鬼に変えてしまう。理性を奪い、道徳を奪い、恨みなしでは生きていけなくしてしまう――その身、心ごと、すり替わる。

「勇雲様が善の人間で、恨みにより変わってしまったと伝えるつもりだったのでは」

「いいえ、それは私の話です。愛月を恨む私の話です」

「雷典様の困窮を助けようとしたことは？」

「部下が勝手にやったこと」

「では蛍雪様が阿片の取引をする現場を私に見せたのはなぜですか。黙って雹に密告すれば、夜伽の阻止も蛍雪様を失脚させることも出来たではないですか」

「……貴女が何を選ぶか、気になっただけです」

「貴方は、個々の人間にとっての最良の為に動いている。やり方も物の見方も性質も違うけれど、紫苑と同じだ。人の幸せのために動き、人を動かそうとしている。私を利用して」

「……」

「そしてそれを悟らせぬように、私に狂ったふりをしている」

「それは違う」

柊焉はいつになく厳しい口調で返した。「それだけは違う」と繰り返す。

「貴女が、私を見つけてくれたから……‼」

そう、柊焉が声を上げた瞬間だった。

「おや……籠の中いるはずの鳥がこんなところにいたわ」

冷ややかな声があたりに響く。

振り返ると、そこには愛月、そして雨奏が立っていた。

「夜伽の時のみ自由を許したはず。まさか、こんなところで夜伽をするつもり？」

「愛月……‼」

柊焉が愕然とした顔で、自分の母の名を呼ぶ。

「あら、約束を守ってくれてるのね」

「約束？」

「ええ、母上と呼ばないでほしいと言っているの。気持ち悪いから。貴女も、そうするように女官から言われているでしょ？」

私の問いかけに、平然と言ってのけたあと、愛月はこちらに近づいてくる。

「それにしても、まさか平民が入り込んでくるなんて驚いたわ。美美が愛した雨奏にさえ近づかなければ、別に実の兄妹同士子を作ろうが、どうでもいいと思っていたけれど……生まれた子に平民の卑しい血が流れていると知られれば、皇家にとっては大きな痛手だわ」

私が平民であることは事実なのだから、何を言われてもいい。

しかし、柊焉は違う――実の母親からこんな血も涙もないことを言われるなんて。

あまりにも酷い。惨い。

愕然としていると、愛月が告げた。

「二人を、地下に連れていけ」

その言葉を合図に、愛月の護衛たちが私と柊焉を取り押さえにかかる。

「男を押さえるのは、人数が多いほうがいい。偽の女帝様は私一人で十分ですので」

そう言って雨奏が私を押さえ、私と柊焉は連行された。

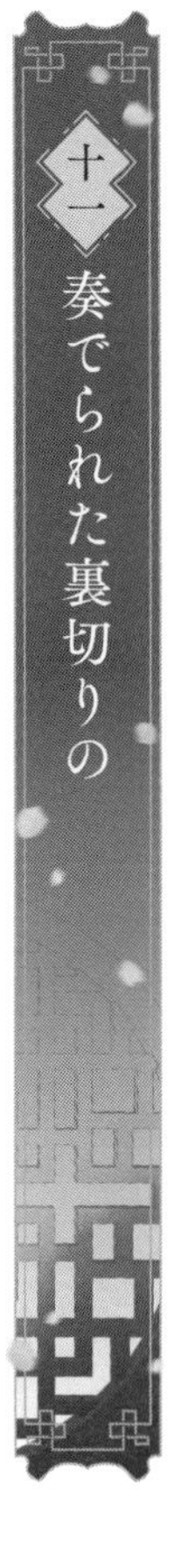

十一　奏でられた裏切りの

皇家の怒りを買った罪人は、後宮の地下、陽の光も月の灯りも届かぬ場所に置かれる。そんな説明を受けながら乱雑に引きずり込まれたその牢は、焉宮(えんぐう)と呼ばれるらしい。

愛月が名付け、美美の反感を買った者たちが殺されていった場所という脅し文句を証明するように、石造りの壁や床は古びた血のようなもので汚れていた。

「お茶くらい飲んだらいかがですか、女帝様」

鉄格子の向こう、物々しい雰囲気とは対照的な様子で雨奏は悠然と微笑む。私の傍らには、先程雨奏が持ってきたお茶があった。

「それは何かの比喩でしょうか、大変恐れ入りますが、教養が無いもので貴方の真意が汲み取れません」

「いいえ、毒は入っていませんよ。貴女の処刑は大々的に行う予定です」

「本物の紫苑は死んだ。私が偽物だと知られ、世継ぎがいないことが公になれば国が危うくなるのではないでしょうか」

「本物の女帝を用意します」

「本物……？」

「はい。新たな偽物を作り出します。本物の第一皇女が見つかった、貴女が本物を隠していたこ行うのです」

とにして。貴族のみならず平民も招き、偽物の女帝の処刑を行った後に、新たな女帝の即位式を行うのです」

「……なるほど、もはや皇家の血を繋げることなど、興味が無いということか、己が生きている間の安寧さえあれば、あとはどうなってもいいと」

「愛月様の御心にございますのは、美美様お一人ですから」

「はっ、私も私で腐った性格をしているが、愛月のような畜生を見ていると、私は少しはましな人間じゃないかと思えるくらいだ」

煽ってみせるものの、「さようですか」と雨奏の調子は初対面の時から変わらない。

感情の動きが、本当に見えない。霧雨の向こうにいるみたいだ。

「……私の女官について密告したのは、お前か」

「お前……それが貴女の本性ですか？」

貴族の雨奏は、お前なんて呼ばれたことがないのだろう。

「あいにく育ちが悪いもので。しかし今はそんなこと、どうだっていい。お前が密告したのか？」

「何を根拠に？」

「勇雲も雷典も蛍雪も、柊焉もそんなことをする人間じゃない。雹なんて密告とは一番遠いだろう。私に接触してきた人間で、一番まともなのはお前だ」

「そんなにお褒めいただくとは、ありがとうございます。しかし、まとも、そんなことが根拠になりますか」

「ああ。愛月の為にまともに機能している花婿は、お前くらいのものだ」

「まとも、であるということは、褒められる事柄だと思っていましたが」

「紫苑が殺される世界で、まともとされる人間なんて全員死んだほうがいい」

「そこまで、紫苑を」

雨奏はじっと私を見る。ややあって「時間ですね」とお茶を一口飲むと、鉄格子のそばに置いた。

「処刑の前には民の前で命乞い、もしくは懺悔をしていただく予定となっておりますので、その時が来るまで、じっくりとお考えください」

「死ぬことなんて怖くない。懺悔することがあるとすれば紫苑に対してだけだ」

「さようですか」

雨奏は微笑み悠然と去っていった。自分がお茶に口をつけることで、毒は入れていないと証明したつもりなのだろうか。先程の雨奏の話を聞く限り、あくまでも茶番のような公開処刑で殺したいらしい。

「間接的にでも第三者が口をつけたものを貴女に口にしていただきたくありません」

後方で声がする。闇の中、柊焉がゆっくりとこちらに近づいてきた。

「なぜ、今まで一言もしゃべらなかったのですか」

「雨奏と話をしたくありません、雨奏と話す貴女と話をするのも……難しい気持ちが」

この期に及んでこの男は一体何を言っているのだろうか。

「……貴方も処刑されるかもしれないのですよ」

「そうですね。貴女と一緒なら本望です」

柊焉は微笑む。この非常事態に一切自分の調子を崩さないということは、もしかしたら何か策があるのかもしれない。

「何か、お考えがあるのですが」

「貴女と手を繋いで心臓の音を聴きながら死にたいです。子は母親の胎動を聴きながら生まれると言いますが、私は最悪な音色の中で生まれてしまった。せめて死ぬ時は、最も美しい音色の中で死にたい」

もう駄目だ。この世の終わりだ。

「雨奏は……紫苑とどういう関係か、ご存知ですか」

蛍雪の話から、雨奏と紫苑は何かしら関係があったように思う。しかし柊焉は「あんな男の名前など呼ばないでください」とむくれた。いい加減にしてほしい。

「……貴方は元々雨奏が嫌いなのですか」

「いえ？　確かに彼は水に花を浮かべて飾る時、様々な花を用いる奇抜な感覚をお持ちですが、教養に関しては花婿の中で群を抜いていますからね、評価に値しますよ。しかし、貴女の脅威になりかねませんから」

脅威になりかねないも何も、今、十分脅威になっている。

「え、水に花を浮かべる時に決まりなんてあるんですか？」

「はい。本来は同じ花で揃えるものですよ。色味や花の種類を揃えないと見栄えが悪いですから」

野菜を育てる時、間引きのために摘んだ花を、紫苑は水に浮かべていた。彼女は前の暮らしで、景観にそぐわないから、という理由で切られた花々を度々水に浮かべていたと言っていた。

同じように、雨奏の宮殿では、色々な花が水に浮かべ飾られていた。

「あの、貴族の言葉で──雪は儚く、空を舞う姿は美しい。しかし降り積もった雪も、やがて跡形もなく溶けていく。そして、その雪解けの水で人は命を繋いでいく、といった言葉はありますか」

「いいえ？　誰かから聞いた言葉ならば、忘れてください。きっとその人の言葉なので」

柊焉は不機嫌さを隠さない。

私はその返答を受け、雨奏の去っていた方向を見つめていた。

紫苑様が、偽物だったらしい。
私は、護衛であるのに気付けなかった。主のいない女帝様の宮殿には、兄様、勇雲様、雷典様が揃っている。三人は紫苑様──ではなく、偽物の紫苑様を助けるため、意見を出し合っている。

「でも、どうやって焉宮に入り込むかだよな」

「牢を壊すとか」

勇雲様の言葉に、雷典様が答える。すると兄様が「そもそも入れなければ壊せないだろう」と首を横に振った。

三人は、女帝である紫苑様の名を騙り現れた偽物の紫苑様を助ける気らしい。

彼女がなぜ自分を偽り後宮に入ったか、その理由を私は知らない。普通は悪いことをするために自分を偽るものだけど、私が見てきた中で、偽物の紫苑様が悪いことをしたことは無い。

私の役目は、命をかけても紫苑様をお守りすること。

だから、それ以外のことをしている暇なんてないはずなのに、このままでいいのかという疑問が浮かぶ。

軍人は民を守る為に存在している。傷つかなくていい存在が、決して傷つけられることがないようにだ。偽物の女帝様は自分を偽る以外、悪いことはしていない。武力行使が必要な人間ではない。それに第一皇女のふりをして得をしたならまだしも、むしろ、危険を冒してまで勇雲様や雷典様、兄様を助けようとしていた。

そんな彼女が今、幽閉されているらしい。

私は正直、偽物の紫苑様を助けたい。

彼女がいるらしい焉宮は、いずれ処刑される人間が入れられる場所だ。このままでは殺される。だから助けたい。

でも、そんなことが許されるのだろうか。命令も無しに、行動することが。

「どうしたんだ、雹」

話に加わらない私に、勇雲様が振り返る。

「なにかあった？」と雷典様も私を心配そうに見た。

「いや……わ、私は、軍人なので……今回、参加は……そ、そもそも、花婿様方は紫苑様が偽物であることを、どうしてそうも簡単に受け入れられるのですか」

「だってあいつ、おかしかったからな。俺のこと、受け入れるっていうか……『そういう奴』程度の感じで接してきて。偽物っていうか、平民って聞いて正直、納得いったくらいだ」

勇雲様は「そこに助けられたわけだけど」と、何かを思い出すように微笑む。

「うん。変。対価、払わなくていいとか……俺が……阿片狂いじゃないとか、信じてたし」

雷典様が続ける。

「それに、俺が不遜な態度を取っていたのに、いざとなったら助けに動いた。普通、そんなこと出来ない。何か事情があって当然だ」

兄様もまた、穏やかな調子で頷く。三人とも、偽物の紫苑様に対して違和感を覚えることなく、そのまま受け入れているようだ。

「で、でも偽物の紫苑様を助ける、ということになってしまうのですよ」

「雹は助けたくないのか」

兄様が諭すように問いかける。

「軍人は助けたくない、助けたいで動いてはいけません」

「大事なことは誰かの判断に任せるな。まして人の命、助けていいのかなんて迷うな」

「兄様……」

私は、好きなように人を守っていいのだろうか。

軍人は、並みの人間より力を持つ。自分勝手に武力を行使してはならない。規則にのっとり、人を守るべきだ。

でも。

「女帝が偽物と知りながら、助け出したいなんて驚きだ。君たちは美美様の素晴らしさを理解出来ない愚か者だと思っていたけれど、ここまでだったとは」

「雨奏」

兄様が声のした部屋の出入り口のほうを睨む。そこにいたのは花婿の雨奏様だ。

「死人を悪く言うつもりはないが、お前は本当にあの女に女帝の資格があると思っていたのか？女官同士を争わせ、残虐を好む女のことが」

「そういうところがいい。国を統べるもの、情に流されてはいけない。時には非情さも必要だ。それに美美は、華やかさと愛嬌がある」

「華やかさと愛嬌があるからって何してもいいわけないだろ‼」

勇雲様が雨奏様を睨んだ。

「……前の女帝のこと、どうして、そんなに気に入ってるの？」

雷典様が続く。すると雨奏様は「それはこちらの言葉だよ」とほほ笑んだ。

「どうして、君たちは、偽物の女帝のことを助けたいと思っているの？　彼女は皇家の血を引いていない。君たちとは本来無縁の人間だ。なのにそうして受け入れるどころか、なぜ助けようとする？」

「あの女は助ける理由もないのに、俺を助けた。それだけで十分だ」

勇雲様が先陣を切るように言う。

「そもそも、助けるのに理由なんて、いるの？」

「したいから、する。それでだけだ。助ける理由に納得がいく、納得がいかないなんて考えていたら、誰も助けられない。俺はそんな生き方、絶対にしたくない」

雷典様、そして兄様の言葉を受け、雨奏様は一瞬の沈黙の後、口を開いた。

「でも、打つ手はないはずだ。偽物の女帝の処刑は決まっている。国の要人を招き、民を招き、多くの観客の前で、偽物の女帝は死ぬ。それに当日、私は愛月様をお守りし、いつも愛月様を守護している者たちは、偽物の女帝を包囲することになっている。女帝は絶対に逃げられない。君たちはただただ当日、偽物の女帝の首が刎ねられるその瞬間を見ていることしか出来ない」

雨奏様はあざ笑うようにそう言うと、部屋を出ていった。

処刑、と誰かが呟き、周囲に重い空気が広がる。

助けることに理由はいらないと言った人たちが、絶望している。

こんなことがあっていいのだろうか。私は皆を守りたくて軍人になったのに。小さい頃から、人の気持ちが分からないと言われて、話すことも怖いと言われて、でもみんなと仲良くなりたくて、どうしたらいいか分からなかった。

そんな私が、誰かと繋がれる手段が武術だった。腕っぷしには自信があり、誰かを守ればありがとうと言ってもらえるし、話しかけてもらえる。誰かと一緒にいられる。だから軍人という仕事を選んだ。なのに――と考えて、はっとした。

ああ、私は最初、好きだからという理由で人を守っていた。

それを仕事とするうちに、「好きだから」が「仕事だから」にすり替わっていた。どうして今まで気付かなかったんだろう。

私は、人を守ることが好きだったのに。

「貴様ら、なぜ、下を向く」

考えていると、兄様が俯く勇雲様、雷典様を見やった。

「だって、女帝が死ぬかもしれないんだよ」

雷典様が拳を握りしめた。

「死なせなければいいだけだろう‼」

「でも、打つ手がないんだぞ‼」

勇雲様が言い返す。すると兄様は鼻で笑った。

「ふん、愚か者め、出来ることが無いのなら出来るようにする方法を全力で考えるほかないだろうが。そもそも偽の女帝は平民のくせにこの後宮に潜り込んできた。雨奏はああ言っていたが、つ手はないなんてあいつの経験、見方、認識、考えによるものだ。いくらでも抜け道はあるだろう」

その言葉に、勇雲様、雷典様が目を見開く。

私は、助けたい。どうしたらいいか考えて――雨奏様の言葉を思い出し、顔を上げる。

「兄様」

「どうした雹」

「私、大切なことを忘れていました。私は、守ることが好きだから軍人になったこと、それと――軍人で、いえ、この国で一番強いから、女帝様の護衛を任されていたって」

「ああ」

兄様は頷く。

「なので私は――」

私が思いついた計画を話すと、皆は顔を見合わせた。先程流れていたよどんだ空気が、また別のよどんだ空気に変わった気がした。

「愛月と阿片の繋がりの証拠を――紫苑の日記帳を、処刑当日に衆人環視のもとに晒す」

　雨奏が去った後、私は誰に言うでもなく呟いた。てっきりこのまま毒殺か牢内で惨殺されるとばかり思っていたが、わざわざ人を集め殺すならば、その機会を利用しない手はない。

「しかし、愛月がそう簡単に認めるでしょうか。日記帳があったとしても、民衆の考えを動かすには大きすぎる事象よりもっと共感しやすい小さな事象の積み重ねのほうが効果的ですよ。第二皇女による勇雲への仕打ち、雷典の阿片中毒疑惑に、蛍雪の領地の放置――雨奏はさておき、あとせめて美美がらみで何かないと……」

　柊焉の指摘はもっともかもしれない。そして、私は阿片疑惑こそ武器だと考えていたが、彼の話を聞いていると、これまでの花婿の処遇についても、使えるかもしれない。国民が羨望の目を向ける花婿たちをないがしろにしているのだから。

「食事の時間だよ」

　しぶしぶと言った様子で入ってきたのは、身分を偽っていた勇雲を責めていた女官だった。

「どうして貴女がここに」

「仕事を命じられたからに決まっているでしょうが、でなければどうして罪人なんかに飯を運ばなきゃならないんだ。食べたくても食べられない人間だっているっていうのに、罪を犯しても飯の支度をしてもらえるなんて羨ましい限りだよ」

はぁ、と女官はため息を吐くが、呼気が食事にかからないよう顔を背ける。なんだか気が強いだけで、そこまで悪い人間ではない気もしてきた。

「それにしても、あんたも罪人ながら上手くやったもんだよ。幼い頃の紫苑様は愛月様の面影があった。けれど愛月様と美美様の容姿は似ていない。自分も大して似ずとも紫苑様の名を騙れば大丈夫だと思ったんだろう？　それに、お二人の父親である花婿も死んでいるときたものだ」

「え……」

私は、美美の姿を見たことが無いが、本物の紫苑と美美は似ても似つかないと思っていた。しかしそれは所作振る舞いや思想についてだ。

「愛月様も愛月様だ、普通、姉妹の名前は揃えるものなのに、紫苑様は植物の名前、美美様は植物に関係ない名前にしてしまって。側近がみーんな止めたっていうのに、その後に美美様の父親はぽっくり逝っちまったんだからさぁ……だからかねえ、紫苑様より美美様に思い入れが強かったのは……紫苑様の容姿は愛月様の血を幾分引いているけれど、美美様は花婿の見てくれぜーんぶ受け継いだ顔してるんだから」

そう言う女官の言葉に、私は疑念を抱いた。以前勇雲は、花婿が死んだ時の愛月の話をしていた。その時愛月は、他人事のようだったと言っていた。

普通、姉妹の名前は揃えるもの。

柊焉と紫苑、二人とも死を連想させる名を持っているが美美は異なる。

「じゃあ、食事の器は明日取りに来るから、残すんじゃないよ。腐って洗うのも一苦労なんだからね。残された人生、正しく生きることだ」

そう言って、女官は去って行く。

「……美美には、痣はあるのですか」

私はふと思いついたことを、柊焉に問いかけた。

「夜伽をしたことがないので分かりません。そもそも、貴族の女は胸元を出した装いをしませんからね」

「ならば、私と同様、痣を持たずとも、知られない……」

美美と紫苑、柊焉には名前の繋がりが無い。そして美美は愛月に似てない。

血の繋がりが無い……？

愛月は美美の亡骸に防腐の術を施させ、その遺体を愛月の宮殿で保管していると聞いた。その遺体に痣が無ければ、血の繋がりを否定出来る。さらに美美を溺愛している愛月は、その遺体を焼いたり埋めたりして、証拠隠滅をはかったりはしないはずだ。

遺体の確認がしたいが、地上との連絡手段が無い。

「……勇雲あたりに連絡が出来れば」

「なぜ他の男の名前が出るのです」

柊焉はむくれた。本当にいい加減にしてほしい。

「雷典でも構いませんよ。雹は軍人ですから、規律を破るようなことはしないでしょうけど」

「どうして私ではなく他人を頼ろうと思うのですか、私がここにいるというのに」

「貴方も投獄されているんですよ⁉」

本当にこの男は何なんだ。出会った当初のような畏怖は感じないどころか、日に日に子供っぽさが増している気がする。

「だからなんだというのです」

「ではなんですか、遺体を保管している宮殿に行けるのですか」

「はい」

柊焉は即答し、牢を見張る看守に声をかけて呼び寄せると目配せした。すると看守たちは静かに視線を落とし、鉄格子の扉を開錠する。

「は……な、ど、どうして、う、え？」

あまりのことに動揺し、柊焉を見やれば彼は「最初から私を頼ればいいものを」と立ち上がる。

「出られたのですか、牢から……な、なんで今まで、黙って……」

すると、彼は久しぶりに不気味な笑みを浮かべた。

「貴女と長く、話がしてみたかったからです」

私たちを監視していたはずの看守の尽力の元、後宮を脱出した私と柊焉は愛月の宮殿に辿り着いた。美美の遺体は地下にあるとのことで、薄暗く長い廊下を進んでいくと、ひときわ大きな広間に出た。

そうして、初めて対面した第二皇女の姿に私は愕然とした。

広間の中央、硝子で出来た箱の中いっぱいに水のような透明な液体が貯められている。

そして、液体に沈められるように美美らしき裸の女が沈められていた。

状況だけで言えば、とても大切なものを保管しているような空間。保存状態もいい。顔をはっきり識別出来るほど、そう、あの痣がないことも。

そして、その身体はみるも無残に痩せ細っている。しかし、私が驚いたのはそんなことじゃない。硝子の棺の周辺が特徴のある花の彫刻で美しく飾られていたことだ。

「第二皇女は……阿片、中毒、だったのか?」

美美の棺を飾る装飾はケシの花だった。

皇都の外で、秘密裏に栽培されている花を見たことがある。

私は第二皇女が阿片中毒かを調べられた話を思い出す。

もしかすると勇雲が髪を切られたのは、調査用の健康な髪が必要だったからでは――。

「醜い死にざまだ。とても苦しんだでしょうね。他者を苦しめた分だけ、自分に返ってきた。因果応報とはよく言ったものです。最初こそ幸せだったのでしょうが……」

柊焉が淡々と話す。

こんな状態になってまで、姿かたちを留められ保管される。

なんてことだと思う一方、これで美美が皇家の血を引いていないことが確定した。

「でも、どうして……愛月は、美美を溺愛して……」

自分の産んだ子を愛せない親がいるということは身をもって知っている。しかし、自分の産んだ子を差し置いて、血の繋がりが無い子供を溺愛するのはどういうことか。

「だって、美美は私の血を引いていないもの」

私の疑念に応えるように、後ろから声がかかる。

振り返ると、愛月と雨奏が立っていた。

「愛月……‼」

誰にも知られずにここまでやってきたと思ったが、驕りだったらしい。柊焉は愛月の護衛に、私は雨奏に再び捕縛された。

「私はね、私の子なんてどうでもいいの。愛せなかった。そもそもどうして、国に言われて子供を作らなくてはならないの？　一応産んでやったけど、縁起の悪い双子を産んだと言って責められた。それできちんと愛して育てろだなんて、無理に決まっているじゃない。でも、子供を愛せない母親は許されないのでしょう？　それなのに、柊焉は男だから、紫苑にもしものことがあった時のために、もっと子供を産めという。冗談じゃない。どうしたものかと思っていたら……女官がね、わたしの花婿と血を結んで、私が愛せる子供を作ってくれたのよ。だから、貰ったの」

愛月はとても幸せそうに笑っている。

愛月のために、愛月の愛せる子供を作った。どういう経緯か分からないが、そこからどう「だから」に繋がるのか。なにか不自然な気がした。

「貰った……？　なら、美美の、本当の母親は」

「殺したわ。だって、本当のことを話されても困るし。そうしたら女官に心を移していた美美の父親が、全部公にするって言うから、殺した」

　愛月は平然と言う。

「美美は可愛い。私と血が繋がっていないからこそ、愛することが出来た。甘いものに目が無い、いつになっても無邪気で可愛らしい子。だから、紫苑も柊焉も、大切にしなくてよくなったの……。それなのに……皇位継承順は紫苑が上。このままじゃ可愛い美美は次期女帝になれない、だから適当な理由をつけて紫苑を皇都の外へ追い出した。柊焉はその存在を秘匿して地下で育てさせたわ。男の柊焉に皇位継承権はないから、美美の脅威になることはない。しかも、将来、美美の花婿にすれば皇家の血を繋ぐことは出来るから、まだ利用価値はある。だから地下に置いたままにした」

　愛月は、まるで本で読んだ物語を語るように淡々と話す、しかし……。

「全部、順調だったのに、美美は死んでしまった……悲しい……なんてことなの」

　愛月は顔を覆う。今まで冷酷に振る舞っていた彼女は何だったのかと思うほどに、感情的な話し方だった。しかし、同情は出来ない。美美を愛し、無理矢理産まされた柊焉や紫苑を愛せなかったからと言って、二人を虐げていい理由にならない。

「この……人でなしが……」

　私は握りしめた拳に力を籠める。

「ええ。私は人じゃないわ。女帝だから神の子よ。美美と同じ」

「なるほど、神は残酷を好み人を助けやしない。ただ上に立って気まぐれに人を殺す。まさにそのものだ。醜い。在り方も考え方も何もかも醜い。贅沢な暮らしがいくら出来ようと、お前のように生きるくらいなら飢えながら死んだほうがましだ」

思わず罵倒するが、愛月は不思議そうに首をひねるだけだ。

「醜い？　そんなわけないでしょう？　美美は世界で一番かわいい子よ。かわいいかわいい、私の子」

通じない。全くもって。同じ生き物とは思えず吐き気がした。

でも、処刑当日、すべて終わらせる。この女の息の根を止める。

私は愛月を睨み、美美に視線を移そうとした。その瞬間、雨奏と視線がかち合う。

私を押さえる、雨奏。唇は固く引き結びながらも、その眼差しは息をのむほど穏やかだった。

ああ、やはり、彼は。

「これより、国を謀り、あまつさえ第一皇女紫苑様の名を騙り皇家の血を乱そうとした罪人の処刑を始める‼」

愛月が声高らかに宣言する。初めて私が皇都に連れてこられ、女帝として血を繋げと命じられた広間では手狭だからか、王城で最も広い庭にそれはそれは贅を尽くした処刑場が設けられ、愛月の隣には新たに用意された女帝らしき女が立っていた。

私と柊焉は手首と足首にそれぞれ手枷、足枷をされ、どちらも鎖で繋がれて拘束されている。

私の処刑理由は言わずもがなだが、柊焉は私が偽物と知っていて隠していた罪で処刑されるらしい。柊焉を殺すことは完全に皇家の血を断つことにほかならないが、愛月は自らの子を「気持ち悪い」と言っている。そんな我が子を殺す絶好の機会だと思っていそうで、それもまた不愉快だ。

だが、それも今しばらくの辛抱だ。雨奏が言っていた通り、処刑される罪人は最後に公の場で命乞い、もしくは懺悔をするのが決まりらしい。悪趣味なことだが、そのおかげで計画を実行出来る。

私は、そこで紫苑の無念を晴らし、愛月と美美の血の繋がりについて告発するつもりだ。信じてもらえるかは定かではないものの、観客は貴族だけではなく、多くは平民だ。観衆の心を摑みさえすれば、一縷の望みはあるはず。

「従来、罪人とはいえ、最期の言葉を聞いてやるものだが、あまつさえ皇家の血を汚しかねない罪人の言葉を、民に聞かせるわけにはいかない‼　よって速やかに処刑を始める」

愛月は高らかに宣言した。広い庭がざわつく。このままでは、愛月の罪を白日の下に晒せないが――、

「待て」

凛とした声が響く。

カツ、カツ、カツと、規則的な靴音と共に現れたのは、蛍雪だ。その後ろには勇雲が立っている。

「愚か者どもが。俺と同じく、その女もまた尊い女だ。殺すには早い」

「ああ、この女は今までの女帝よりずっと国の為に動いてきた。殺すなんて馬鹿げてる」

二人が声を上げる。集まった人々の注目は一気に二人に集まった。

「あら、花婿二人は偽物の女帝に惑わされたのかしら、可哀想に」

愛月は観衆に言い聞かせるように言い、周囲の軍人たちに「捕らえて落ち着けてあげて」ともっともらしく振る舞う。軍人たちは剣を抜き、花婿たちに向かっていく。

——もはやこれまでか……。

と、その時、突風が吹き荒れ、次々と軍人が倒れていった。

「また、突風か⁉」

蛍雪が不思議そうに上空を見つめる。

「また？」

蛍雪の反応に柊焉が訝しそうな顔をした。

「無抵抗の人間に剣を向ける男も、死んじゃえ」

淡々とした眼差しで、武器を使うことも無く軍人を倒し現れたのは雷典だ。彼は私を見てふっと口角を上げると、そのまま飛び上がり、愛月を庇っている雨奏に襲い掛かる。すると、私と柊焉を取り囲む愛月の護衛たちが混乱に陥った。

「愛月様を、新しき女帝様をお守りせよ‼」

「しかし罪人を捕らえておかねば——」

護衛たちは口々に言うが、「大丈夫です」と、頭上から声が響く。

「その方は殺すべき罪人ではありません。助けるべき民の一人です‼」

そう言って天から降るように私の前に着地したのは雹だ。

「雹‼」

「助けにきました‼　紫苑様――じゃなくて、女帝様、でもないのですよね。えっと、偽物様‼」

確かにその通りだし、私が紫苑と呼ばれると、紫苑が汚されるようで嫌だった。雹の呼び方が最も正しいが、中々どうかしている気がする。複雑な思いを抱いている間に、雹は剣を構え襲い掛かってくる愛月直属の護衛たちをねじ伏せていった。

雷典と同じく、素手で。

「ありがとうございます……ひょ、雹……貴女は、そ、そんなにも強かったんですね」

強い強いとは聞いていたが、ここまでとは思わなかった。動く速度は虎のよう、その腕力は熊、勢いは猪に匹敵している。

「はい‼　私は強いですよ‼　この国の誰より強いです‼　気を抜けば殺してしまいそうなので怖いです」

雹にも怖いことがあったらしい。というか、殺してしまいそうなのが怖い、という感性が雹にあったことに驚きだし、その恐怖があってよかったと思う。

「剣は使わないのですか」

「使えますが、手を使ったほうが速いです‼」

そして素手で私と柊焉の枷を叩き割ると、彼女は「あっ」と声を上げた。

「剣を使ったほうが殺さなくて済むかもしれません‼」

逆では。

疑問を抱く間もなく雹は剣を抜いた。しかし勢いが衰えることなく、次々訪れる援軍に押されることなく峰打ちして倒している。

やがて、雷典を相手にしていた軍人たち、雹に襲い掛かっていた軍人たちが次々とねじ伏せられ、そばにいた要人たちが震えながら一か所に固まった頃、こちらに蛍雪と勇雲が駆けてきた。

「大丈夫か」

二人は声を揃える。

「はい、ありがとうございます」

「とりあえず、ここから逃げるぞ‼」

「逃走経路は確保している」

勇雲と蛍雪が言うが、私は首を横に振った。

「いや、逃げない」

「どうして‼」

「紫苑の為に、すべきことがある」

私はそう言って、愛月の下へ向かっていく。元女帝のために作られた、ひときわ高い場所に立つ女を私は見据えた。

「私は、確かに紫苑ではない‼　皇都を追放された紫苑と、縁あって共に暮らしていただの平民で――恩を受けた紫苑を留守の隙に殺された、役立たずだ‼」

私は観衆に向かって叫ぶ。

「だからこそ、紫苑を殺した人間を見つけ出すために、紫苑のふりをして後宮に入った‼　そして分かったのは……そこにいる女……愛月が、長い間、阿片貿易を行っていた事実だ。証拠もある‼」

そう言うと、観衆がざわめいた。私一人ではおそらく、話すら聞いてもらえなかったはずだ。しかし蛍雪や竈たちのおかげで、皆こちらに注目している。

「証拠？　そんなものないはずだわ」

「いや、ある」

私は、懐から手帳を取り出した。これまでもずっと持っていたものだ。二度、捕縛されてもなお。ずっと、この手に。

「これは第一皇女・紫苑の形見だ……紫苑は、拾った手帳を日記にしていた‼　でも実はこれは、阿片商人の顧客名簿をかねた商売の記録だ。平民にしか分からない記号で書かれているから、紫苑はこの手帳が書き損じたために捨てられたものだと考えていたようだが……皆、読めば分かる。愛月が女帝だった時代から――阿片の売買が行われていたということが‼」

「……平民にしか、分からない記号……？」

愛月は顔を歪めている。

「ああ。平民は文字を知らない。貴族のように本を読んだりするどころか、手紙なんて書けない。でも、生きていくうえで記録は必須だ。だから、それらしきものがこうして出来上がる。それに——国の収入が増えた時期と、阿片の売買が行われた時期が一致している‼」

「……私は関係ないわ。家臣の誰かが勝手にやったんじゃないかしら」

「なら、皇家の血が流れていない女を第二皇女と偽り、あまつさえ皇家の血を正当に引く第一皇女の紫苑を皇都の外に追いやったことも、誰かが勝手にやったことと言うのか‼」

愛月が言い逃れをするのは、計算済みだ。しかし、もうこれで言い逃れは出来ない。

なぜなら——、

「罪を認めろ、愛月」

私は観衆にも聞こえるよう愛月に訴えた後、声を落とす。

「美美の身体に痣が無いことを言えば、お前の愛する娘の身体を皆に晒すことになる。それを美美が望むと思うか」

「お前……なんて酷いことを」

「ああ、酷いことなんて無限に思いつく。私はお前を苦しめたくて仕方がないからな。紫苑を皇都の外に追いやったお前を……私は決して許しはしない。紫苑はお前が殺したも同然だ。お前が紫苑を皇都から追い出さなければ、紫苑は死ななかった。だが、紫苑が皇都から出ることがなければ、私は彼女と出会えなかった。でも、そんなことどうでもいい。出会えずとも紫苑には生きていてほしかった」

愛月の言動、所作、振る舞い、そして私が偽物だと気付かないほどの無関心と愛の薄さ。それが許せない。

「でもお前は、違うんだろう。紫苑を愛していない。お前の心にあるのは美美ただ一人なのだろう？」

「当然じゃない」

予想通りの答えに、殺意がわく。殺してやりたい。でも、私にはまだすべきことがある。

「ならば認めろ、愛月、もうお前は終わりだ。愛娘の身体を晒されたくなければ、すべての罪を白日の下に晒し、悪党らしく地獄に堕ちろ」

私は愛月に宣告する。

彼女は拳を震わせながら、民へ向き直った。

「どうして――責められなければならないの⁉ 国の為に国の為に国の為に‼ 私は好きでもない男と契り、可愛くもない子供を我慢して産んだでしょう？ 愛したい存在を愛して何が悪いの⁉ 阿片だって、私が売ったのは外国よ。そのおかげで国が豊かになったんじゃない‼ みんなその恩恵にあずかったはずよ。阿片がこの国の花街に蔓延したり、庶民に中毒者が出たりしたのは、私のせいじゃない。私腹を肥やそうとした悪党どもが、好き勝手に売りさばいただけよ‼ 私は国のために阿片貿易を行ったの。どうして私が責められなくてはならないの？ 私は私の自由に生きたいだけだわ‼」

愛月は当然のように話す。もはや自分を偽ることをやめたようだった。それでいて、この期に及んでなお、民に理解を求めている。醜い。なんて醜い。本当にこの女が紫苑を産んだのか。実は美美が実の子で、紫苑や柊焉とは血の繋がりがないと言われたほうが、よほど納得出来る。

そして、愛月の本性を目の当たりにした国民は、一斉に手のひら返しを始めた。

「捕らえる相手が違うだろ‼」

「阿片でどれだけの人間が苦しんでいると思ってるんだ‼」

「偽物の女帝を離せ‼」

「ふざけるな‼」

「偽物の女帝の死刑を撤回しろ‼」

それまで沈黙を貫いていた観衆たちが一斉に声を上げ、やがて警備にあたっていた軍人たちをも非難しはじめる。そしてその敵意は、愛月だけではなく雨奏にも向かった。

「第二皇女の寵愛を受けていたその男も捕まえろ」

「そうだそうだ‼」

「血の繋がらない第二皇女の秘密を知っていたかもしれない国賊だ‼」

観衆たちの罵詈雑言は、留まるところを知らない。だが雨奏は「くだらない」と不敵な笑みを浮かべた。

「あなた方は美美様の美しさを知らない。そのご尊顔を拝見したことがないからそんなことが言えるのだ。今すぐ宮殿に行き見てくればいい。ああ、平民たちの審美眼などたかが知れているか」

煽るような雨奏の言葉は火に油となって、民の怒りを増幅する。やがて「死刑にしろ」と誰かが叫んだ。それを皮切りに、「死刑にしろ」「死刑にしろ」の大合唱となる。民の怒りに呼応するように、空は曇り、雨が降り出した。

「愚か者たちが。阿片なしにこの国は栄えない‼　阿片により美しい世界が出来上がるのだ‼　それを美美様が体現した‼　髪をひと房取り、薬液に浸せば阿片をもってして、その美しさを保っていたとすぐに分かるはずだ」

そして雨奏は雨に髪を濡らし、訴える。

ああ、と思う。勇雲たちが戸惑いの表情を浮かべる中、私は雨奏のもとへ向かっていく。

「なんです、偽物様、ああ、もしや美美様の素晴らしさを理解し、味方してくださるというのですか」

雨奏は笑みを浮かべた。理性の欠片も感じさせない。

「はい。味方しにきました」

雨奏の前に立っていた私は、そう言ってから観衆を振り返った。

「どうして庇うんだ‼」

「そいつは国賊の共犯だろう‼」

民から不満の声が上がる。私は雨が降りしきる中、力いっぱい叫んだ。

「この男は嘘つきだ‼　第一皇女紫苑を愛し――紫苑の為に行動し――今まさに、民の力を、あなたたちの力を借りて死刑となり、紫苑の後を追おうとしているんだ」

私の暴露に、声を荒らげていた民たちの声が止まった。雨の音だけが響く中、私は雨奏を振り返る。彼は子供のように目を丸くしていた。その頰を、絶え間なく雨が打ち、涙のように滴が流れている。

「貴方も、紫苑が死んで、悲しいんですよね、雨奏」

私は小さい頃から、目立った特技が無かった。自分がどんな人間か問われても、何も答えられなかった。人としての魅力が無い。空っぽの器。そんな自分が第二皇女の婚約者になったところで、何が出来るだろうか。私は何も持たない、平凡な人間なのに。

でも、周囲は、血は、それを許さない。私は第二皇女の夫になるために、剣術も武術も楽奏も何もかも、完璧でなくてはいけなかった。そういう教育を受けた。

学びの機会を得ても、至った結論は何もかも、向いてないということだけだ。最初はよかった。頑張れば自分だってと思えた。しかし、どんなに努力しても理想の自分にはなれない。徐々に自分の限界を感じるようになった。

家や皇家の期待に応えられず見限られることが怖くて逃げ出したくなるのに逃げられない。そのくせ、皇女の婚約者としての道を極めようという覚悟も決められないまま時間だけが過ぎていった。人間との関わり方も同じだった。自分は空っぽで、何も持ってない。それを知られて幻滅されるのが嫌で、親切に振る舞う。過剰なくらいに。でも段々疲れて、誰かと深い絆を結ぶことが煩わしくなる。

相手は慕ってくれている。楽しそうにしている。でも私は気が休まらない。自ら進んで人に関わることはせず、最終的に周りから誰もいなくなる。

なのに、無性に誰か、傍にいてほしいと思う。

そんな矛盾を抱えた私に、温かさと生きる意味を与えてくれたのが紫苑だった。

あれは忘れもしない、私が十歳の頃のこと。

皇家主催の茶会、人に疲れた僕は、会場から離れたところで休憩をしていた。そこに、国で最も大切にされるはずの第一皇女である紫苑が現れた。彼女はなぜか継ぎ接ぎの衣を纏っていたが、なんてことないような顔をしていた。

『なにしているの。こんなところで』

紫苑の第一声。それはこちらの言葉だと、今でも思う。私が「人に疲れた」と言うと、「そんな日もある」なんて軽く返し、彼女は隣に座った。

『その衣装は、一体どうしたの？』

同じく茶会に参加していた第二皇女は、贅を尽くした衣を纏っていた。一方、紫苑の衣装はとてもお金をかけたものとは思えない。私の問いかけに紫苑は、『着ていくものがなかったから、自分で作ったの』とあっけらかんと答えた。

『いじめられているの？』

『まぁ、私にかけるお金がないんじゃないかしら』

『そんな、君は第一皇女なのに？　おかしいよ、なんとかしなきゃ』

『でも、私より酷い暮らしをしている人はいるから、なんとかするのは、そちらが先なのよね』

紫苑は世間話をするように言った。

『酷い暮らし？』

『そう。平民の中にはその日食べるものにも困っている人たちがいるわ。たとえば皇都の外で暮らす人たちとか』

『でも、平民と貴族では済む世界が違うし、僕らが見て酷い暮らしでも、彼らにとっては普通では……』

『でも私はほら、こうして繕えば着られる着物があるし、こういうことするのが楽しいけれど、楽しむ余裕なんてなく、生きるだけで精一杯の人もいる。一度しかない人生、しんどい思いだけをしながら生きるのは、違うでしょう？』

彼女は『でも、まだ私、政に介入出来ないから、頑張って勉強して、将来女帝になった時のために準備しておかないと――いい国にするために』

当時、私たちは顔見知り程度だったけど、そこから会えば長く話をするようになった。紫苑が好きだから、という理由だったら良かったと思う。でもその時の私は、こんな優しい子なら私のことを嫌いにならなそう、なんて不純な動機で紫苑と一緒にいた。

そんなある日のこと、紫苑は妹の美美から虐げられていた女官を庇い、美美から攻め立てられた。その後、美美から虐げられた女官は、美美の命令により紫苑を階段から突き落とした。

第一皇女の怪我を――娘の怪我を、愛月は見て見ぬふりをした。側近も苦言を呈さない。ただただ、その事実を秘匿するだけ。美美は「自分が助けた人間が裏切るなんて思わなかったでしょう、いい気味」と笑う。そんな状況でも紫苑は、『階段から落ちてこの程度の怪我で済んでよかったわ』と、包帯を腕に巻きながら笑っていた。

『そんなことないよ。痛かったでしょう』

『痛くないわ。しいていえば、貴方が悲しそうにしているのが痛い』

『え、どうして』

『どうしてって言われても、貴方が好きだから』

紫苑は即答した。

『す、好き？　僕のことが？』

『ええ。一生懸命人に優しくしようとして、いい人だと思う』

『それは……嫌われたくないだけで』

『だから？』

『だからって……だって、自分の為だよ？　人の為じゃない。君とは違う』

紫苑は、誰が見てもはっきり分かるくらい、母親である愛月から冷遇されていた。でも母親に愛されない自分よりも、周りの人間を気にしていた。それも私のように、嫌われたくないからじゃなく、ただ、人の為を想って。

『いいじゃない自分の為だって。それで喜んでくれる人や助かってる人もいるでしょう？　関係ないわ理由なんて。助かって、苦しくない人がいれば、もうそれは優しさよ。貴方はいい人』

『そうかな……』

『そうよ。それに相手を思ったことが優しいことになるとは限らないし、私は相手の為を‼　って行動するけど、結局私がしたいからするだけだもの。今も、貴女は素敵だって貴方に認めてほしくて、私の気持ちを押し付けてるだけだし』

紫苑は大人みたいな笑みを浮かべた。

『だから、私は女帝になったら、色んなことを国民に押し付ける政治をしてしまうと思う。その時、雨奏が助けて』

『僕に君が助けられるかな』

逆なら分かる。というか紫苑は誰でも助けられる人だと思う。

『誰も助けられない人間なんて、いないわ。皆、誰かに助けられて、誰かを助ける。その能力が絶対にあるの。どんなふうに助けられるか、助けるかは分からないけどね』

——だから大丈夫。

紫苑はそう言った。

紫苑の、大丈夫。それは私の宝物であり、武器だ。紫苑の思い描く国を作りたい。花婿に本来政治の学びは必要ない。けれど私も統治についての勉強を始め、国の中の貧富を知るたびに、紫苑が女帝として国の上に立ち、彼女が皆が苦しまず過ごせる世を実現させる瞬間を夢見た。

なのに私は紫苑を助けられなかった。愛月により紫苑は皇都から追放された。

助けられなかった。

紫苑は女帝になることを望みながらも、ずっと虐げられ続けてきた。だから皇都から出て自由に過ごしているならそのほうが紫苑の幸せになる。紫苑の志は、私が継ぐ。

そう思って、愛月や美美に取り入った。なぜなら二人に正攻法で民の為の政治を勧めても、通じないからだ。二人は自分たちの豊かさしか考えない。少しでも自分たちに得が無いことは承認しない。他者の為、という概念が存在しない二人だった。

愛月、美美、どちらも民を苦しめ、幸せから遠ざける。

第一皇女である紫苑が追放されている状態で二人をただ排除しても、国は混乱する。それに国民からは、愛月も美美も尊敬され、正しいとされていた。

二人の精神性を知る者は限られているし、中途半端に暴露でもしようものなら妄言だとされ殺される。だから、愛月も美美も悪だと周知出来る証拠を集めて、愛月と美美を徹底的に潰す。

そして、正しい存在に――紫苑に皇都に帰ってきてもらう。

それだけを考えて生きてきた。だから私は実家の密偵を使って紫苑のその後を調べさせていた。

調べによると追放された紫苑は、そのまま放り出し皇家の内情を話されると困るため、山小屋の老夫婦のもとに預けられているらしかった。

老夫婦が死ねば、紫苑もいずれ死ぬ。皇女が一人で生きることなど出来やしない、暗殺すれば後が面倒、だから勝手に死んでくれ、愛月はどこまでも無責任で残酷だった。

でも、紫苑ならきっと生きることを諦めないし、老夫婦が死んでも、屈することはない。そう信じ、いや、願ってきた。

やがて、老夫婦が寿命を迎え、紫苑は同じ年頃の女の子と暮らしはじめたという知らせがあった。貧しいながらも幸せそうに過ごしていると聞き、皇都に戻ってきてもらうことは果たして彼女の幸せなのか悩んでいるさなか、密偵から紫苑が殺されたとの一報が入った。

犯人は愛月だろう。そう考えた私は宮殿に火でもつけようと思ったが、実行犯について調べてみると、指示した人間は愛月ではなく、宮殿に出入りしていた阿片商人だった。

紫苑には幼い頃から大事にしている日記帳があった。まともに新しい帳面ひとつ与えられなかった紫苑が拾ったもので、冒頭に落書きがある。書き損じをしたことで捨てられたらしいそれに、紫苑は継ぎ接ぎの服と同じように創意工夫をこらして日記として生まれ変わらせた。

特徴のない表紙に自分なりに絵を描いて、大切にした。そんな日記帳の書き損じだと思われた部分が、阿片売買の記録だった。

阿片商人の表の顔は着物などの商人で、普段から宮殿に出入りしていた。

宮殿に納品に訪れた際に記録張を失くし長年気がかりに思っていたが、ある時、持参した見本の着物の柄を美美が「追放された姉の持っている日記の落書きみたいな柄」と罵倒したことで、阿片商人は失った日記帳を紫苑が持っていることに気付いたらしい。

だから私は紫苑を殺した人間も、阿片商人も始末した。

生きている理由が消えた。私のやりたいことは終わったから。

紫苑のいないこの世界に、生きていたくない。

紫苑がいないこの世界なんていらない。

でも、私は紫苑の想いを知っている。

――いい国にするために。

だから私は、もう少しだけ生きなきゃいけなかった。

国を良くする。そして愛月を道連れにする。そうすれば、彼女のいないこの地獄が、終わる。

粛々と準備をしていたら美美が死んだ。

それまで、追放した第一皇女のことなど思い出しもしなかっただろう愛月は、紫苑が死んだことを知らなかった。だから、宮廷は紫苑を連れ戻そうと動き出した。下手に紫苑の死を知らせたところで、私が密偵を使っていたことが知られてしまう。

黙っていると、紫苑が見つかったと報せが入った。そんなことはない。ありえない。もしかして、密偵の報告が間違っていて、紫苑は生きていたのか？　そんな一縷の望みも後宮に現れた新しい女帝を一目見て、打ち砕かれた。月日は経っていたけれど、それが紫苑でないことはすぐに分かった。

しかし同時に、気付いたこともあった。

偽の紫苑は、歩き方も佇まいも、紫苑から学んだのだと。紫苑のことを好きな人だと。

だって私も紫苑が好きだから。誰よりも何よりも好きだから。紫苑だけが。

紫苑に会いたい。どんなに悪く思われようと、紫苑に分かってもらえたらそれ以外何も望まないから。

なのに。

「貴方は、愛月の目を欺き、私たちの手助けをしてくれていたのでしょう?」

先程の彼の言葉は、美美の遺体が愛月の宮殿にあること、そして阿片中毒の見極め方について民に伝えるものだった。

それに今日の処刑だって、彼はわざわざ罪人に懺悔の時間があることを伝えてきた。

蛍雪の件も、手助けをしてきた。愛月や美美のためとしたら不可解この上ないが、その理由が、私が偽物であること、なおかつ私が紫苑の為に行動していると気付き、自分もまた紫苑を想っているため尽力したと考えれば納得がいく。

「手帳が奪われないよう、いつだって貴方は護衛より先に、私を取り押さえていた」

雨奏は返事をしない。ただ抜け殻のような目で私を見るばかりだ。

「しかし、はた目から見れば、女帝の寵愛を受けて優遇されていた花婿だ。貴方に取り入ろうと都合よく動く人間もいれば、愛月や美美からの仕打ちを理由に、貴方を憎み攻撃する人間もいる。そうした中で愛月と美美の権威が地に落ちれば、貴方も同じ破滅を辿るのは必須だ。でも、貴方はそれを望んでいた。愛月や、その悪行もろとも、すべて排除したかったから」

「すべて妄想だ」

「ならば貴方はいつ私が偽物だと気付いたのですか。宮殿で話をした時?　それとも最初に会った時でしょうか？　いずれにしても夜伽の前に愛月に伝えるべきでしょう、大事な花婿が平民と契るなんて、あってはならない」

雨奏は返事をしない。かつて柊焉に詰められた私を見ているようだった。

「貴方はすぐ、私が紫苑ではないと見抜いていた。にもかかわらず、愛月にそれを伝えなかった」

思えば雨奏との初対面の時、お茶により注意が逸れていたが、彼はやけに説明がかった口調だった。幼少期縁があった者に対する対応ではない。まるで私が無知な偽物という前提で話をしているようだった。

「美美を愛おしく思い愛月の意向に沿うのならば、私について疑いの段階でも密告する。でも貴方はそうしなかった。それどころか、今日の処刑で平民や貴族を集めると事前に私に伝えた。私は罪人、何も伝える必要などなかったのに‼　まるで、今日が暴露に最適な日だと気付かせるようにだ‼」

そこまで言うと、それまでずっと黙っていた蛍雪が口を開いた。

「お前……もしかしてわざと俺たちに、愛月の警備が手薄になることを伝えたのか」

どうやら、勇雲たちにも手助けをしていたらしい。雨奏は変わらず返事をしないが、勇雲の隣にいた蛍雪の握りしめた拳が震えている。

「俺は……目的の為に手段を選ばず、大切なことを見失いそうになった過去がある。だからこそ、その選択が間違いだと言ってやる。お前は、お前の為に尽力した者が苦しむことを、望むのか！

雨奏！」

　彼は臣下たちの形見の装飾を握りしめていた。

「辛いのはこれまでの民の暮らしだ！」

　すると、それまで黙っていた雨奏が、とうとう口を開いた。

「雨奏……」

「皇家の為に、皇家の為に、皇家の為に！　民が助かりもしない政治を続ける皇家を、かつての虹女の血を引くという理由だけで健気に敬う民が、なぜ報われない！　民を顧みず民の犠牲の上に成り立つ国など滅んでしまえばいい！　しかし、国が滅べば民は行き場を失う！　民失くして国は成り立たない！　民が報われぬ世に未来なんてない！　だから私は、この国を正す、その為には手段なんて選んでいられないんだ！」

　雨の中で、雨奏が叫んだ。

「民が報われなければ、紫苑が、紫苑があまりに報われないじゃないか……！」

　憎悪すら感じさせる叫びだった。その叫びで、それまでずっと彼が取り乱すことなく、後宮で心を押し殺していたと悟った。

「紫苑は、阿片商人の手帳を持ってしまっていたことで、殺されたんだ……私は紫苑を守れなかった……紫苑は民を想っていた……幸せになるべきだった……紫苑は生きるべきだった……私なんかより、ずっと」

　ああ、紫苑はそんなくだらない理由で殺されたのか。自分の無力さに、どうしようもない気持ちになる。そしてこのどうしようもなさを、彼はずっと前から抱えて生きていたのだ。

紫苑に会いたいと願いながら。

気持ちは分かる。私だって、会いたい。紫苑に会いたい。幸せにしてやりたい。美味しいものを食べさせたい。綺麗な景色を一緒に見たい。なんてことのない景色を見て、季節を感じて、空を眺めたい。そのすべてがもう出来ない。記憶の中でしか会えない。

「私は……私も、紫苑の後を追いたいよ」

私は、雨奏に近づく。この世界で生きていくことが途方もなく辛い。だから逃がれたい。そう思っていた時、彼女に出会った。少しだけ生きていてもいい気がした。でも彼女は去った。生きる意味を再び見失い、心の置き場が定まらないまま、私はここにいる。

「……でも、それでも、辛くても悲しくても生きてかなきゃいけない。何があっても……」

「どうして！　私の気持ちが分かるんだろう？　君も紫苑が大切なら、あの子を一人にするのは……！」

「紫苑は生きてと願う人間だからだ！　こんな……私ですら、生きてと願う……馬鹿な女だからだよ……‼」

私は叫んだ。もう紫苑は私の心の中にしかいない。だから、その考えを勝手に想像するしかない。彼女は寂しがってる。だから、そばにいたい。でもそれは私の勝手な想像だった。

「自分のことは絶対に願わない紫苑が強く願った、民が幸せになる未来……それを果たせずに殺されてしまった彼女のために、私たちだけは、それを叶えてやらなきゃいけない。私たちは！」

紫苑。私の初めての友達だった。あの子さえいれば何もいらなかった。この世界が素敵なものだなんて微塵も思わなかったのに、あの子が言うなら、少しは好きになりたいと思えた。

「紫苑……ああ……紫苑……！」

雨奏は、ぼろぼろと涙を流した。ずっと泣けなかったんだろう。だって私も泣けなかった。理解出来なかった。紫苑が死んじゃったなんて分かりたくない。受け止められない。なにも分からなかった。

でも、死んでしまった。

死んでしまったけれど、私たちは生きていく。

「一体何をしているの？」

冷笑するような声が響く。するとそこには、迷子の子供のように途方に暮れた様子の愛月が立っていた。

「お前たちのせいで美美が、皇家の血の繋がりがないのに玉座に居座った酷い女だと歴史に伝わっていくのに、どうして？　確かにあの子は我儘なところもあったけど、それでも可愛いでしょう？　あの子の気持ちは本物よ？」

しん、と周囲が静まり返った。愛月は「どうして」と問いかける。

「どうして美美は死んでしまったの。もしかして、紫苑が……？」

「そんなわけないだろうが！」

私は咄嗟に言い返す。すると「ならお前か」と愛月はこちらに振り向いた。からくり人形のようなギクシャクとした動きで、こちらに向かってくるかと思えば、今度はそばにいた武官を睨む。

「お前か」

「え……」

「それともお前なの？」

愛月は手当たりしだいに問う。すると、「くすくす、くすくす」と、子供のような笑い声が聞こえる。柊焉だ。

「愛月様、なにをおっしゃっているのやら。貴女の愛娘を殺したのは、貴女ご自身ではないですか」

それまで一言も声を発さなかった柊焉が、冷ややかな声で告げる。愛月の焦点の定まらない瞳が、柊焉をとらえた。

「私……？」

「はい」

「そんなわけないでしょう‼　なぜ私が愛しい娘を‼」

「阿片ですよ。貴方が愛娘を溺愛するため国費を使い込み、それでも足りなくなったことから手を出した、阿片貿易。それに使われた阿片に手を出したのです、貴女の愛娘は」

「私の美美が阿片になんて手を出すわけないでしょう‼」

「甘いものに目が無い、いつになっても無邪気で可愛らしい子」

柊焉が突然、場違いなことを言い出した。

「……は？」

愛月が怪訝そうに聞き返す。

「甘いものに目が無い、いつになっても無邪気で可愛らしい子」

柊焉は文章を読むように同じ言葉を繰り返す。

「なに」

愛月が再び柊焉に問い返した。

「甘いものに目が無い、いつになっても無邪気で可愛らしい子」

柊焉は何度も繰り返した後、口角を上げた。この男の不気味な笑みは何度も見たことがある。でも、唇の動き、眼差しの温度から何から、今まで見た表情のどれにも似てない微笑だった。

「これはよいもの。民を想って用意した。阿片についてそうおっしゃっていたのでしょう、貴女は。そんなことを言ったら、貴女を想う部下が甘いお菓子の中によいものを入れてもおかしくはない。それに、阿片そのものが死の原因になることはない。毒見役も死ぬことはないどころか、元々阿片中毒でしたからね。分からなかったのでしょう」

「まさか貴方が‼　あの子に阿片を‼」

「そんなわけないではありませんか。私は貴女により自由を奪われていた。死んだも同然の幽霊だったのを、そちらの女帝様が見つけて、こうして天の下に立つことが出来た。その前に貴女の愛娘は湖で溺死したのでしょう？　溺愛とはよく言ったものですよ。貴女の愛に溺れ、阿片に溺れ求め、溺れ死んだのです。水の中に阿片の楽園があると信じて」

「そんな、嘘よ‼　あの子に阿片を与えたのは、悪徳阿片商人よ。宮廷の中の人間なわけがないわ‼」

「貴女は気付いていたはずだ、美美が阿片中毒だったことに。だから、美美が最後まで求めた阿片――ケシの花をその棺の装飾にした。でも、中毒の原因が自分であることから目を背けてきた。違いますか？」

「ああ‼　美美‼　許して！」

愛月は操られるように顔を真っ青にして、その場から走り去る。あまりの状況にただ去って行く愛月と、彼女を追う護衛を見ていると、柊焉はこちらに振り向いた。笑顔はなく、無表情だった。

「民を落ち着けてくださいませ、女帝様。貴女が想う、大切な人の為にも」

その通りだった。まだやらなければならないことがある。紫苑の為に。

私は状況説明のために、民の前に向かった。

「此度の混乱を引き起こしたこと、お詫び申し上げます」

役人や武官たちは、私をじっと見ている。

「そして、皇家の女の血は、今をもって絶えました。皆様――いや、堅苦しい言葉は、無理だ。私は、貴族じゃない。何も持ってない、教養もなにもない、ただの、不出来な人間だ。皆様なんて言って、ここで仰々しく話が出来る資格なんてない。でも、皆で力を合わせていけば、なんとかなる――と、紫苑は言うと思う」

きっとこれから先、困難の連続だ。もっと酷い目に遭うだろうし、そもそもこれが私のすべきことか、疑問が残る。素質なんてない。私は紫苑じゃないから。多分絶対向いてない。

「好きなものを好き、嫌なものを嫌と言える世にしたい。誰かの犠牲の上に成り立つ世ではなく、皆が助かる世にしたい。辛いことは皆で助け合い、安心して暮らせる世にしたい。そして、報われる世にしたいんだ」

でも、彼女の言葉を、私は持っている。だから、ここに立てっていられる。

――助けてほしい時は、ちゃんと言ってね。

「不出来で、私が言う資格なんてない。でも、紫苑の為に、一緒に頑張ってほしい」

虹のかかった空の下、民に告ぐ。

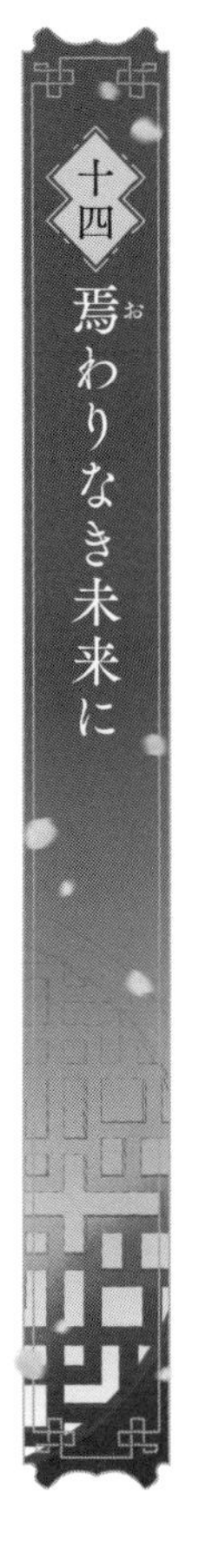

十四 焉わりなき未来に

愛月が自らの正統な血を引く娘——紫苑を冷遇し、血の繋がりのない花婿と女官の子を女帝にした事実は、瞬く間に国の全土に広がった。そのほかにも、愛月の悪事が暴かれるにつれ、明らかになったことのひとつに美美の出生の秘密があった。美美は、愛月が冷遇した花婿が女官を蹂躙したことで出来た子だった。女官は花婿から産んでほしいと強要された。しかし、蹂躙されたとはいえ、はた目には愛月への裏切りとなる。どうにもならない中で、女官は子を——美美を産んだ。

愛月はそれを知ると女官を怒るどころか、「私が愛せる子を産んでくれた」と美美を溺愛したが、女官は蹂躙された心の傷から自ら死を選んだ、というのが真相だった。

皇家の血を重んじるあまりそうした悲劇が起きたのではないか。素晴らしく優れた血を繋ぐことが大切なのではなく、皆が過ごしやすい世を作る心を継いでいくことが大切なのではないか。人々はそう考えを改め、貧しい出身であり、教養や素質に至らない面があれど、正当に皇家の血を引く第一皇女の意思を継ぐものとして——何の関係もない女を女帝として受け入れた。

「……助けを求めていて、自分で言うのもなんですが、なんで私が女帝になってるんですか。というかみんな受け入れるのが早くありませんか、なんていうか、私が女帝になることに反対する者に毒を盛られるとか、襲撃されるとか、他国からの何かしらの干渉があるものだとばかり思っていたんですけど……」

女帝の部屋の中、私が目を通した書類を整理する雹に問いかける。

愛月の悪評が知られる、皇家の血の秘密が暴かれるということは国の弱体化を意味し、内乱も起きかねない——と、思っていた。でも、騒動から日が経ち、過去の悪しき政治を改革する業務に追われこそしても、誰かが殺しにきたり、他国が責めてくるということはなかった。

「虹がかかったからです‼」

雹が当然のように言う。確かに私の宣言の後、空に虹がかかった。そのせいか、穢れきった皇家に代わり、新たな虹女が天からやってきたとされ、私はとんでもない担ぎ上げられ方をしていた。

「後で詐欺師として処刑されるのは御免こうむりたいのですが」

「滅相もございません‼　私の生まれ育った土地では、雪崩の対策をしてくださったのは、陛下なので、お育ちに難がおありならば、足りない部分は皆で支えたいと誰もが申しております。それに、陛下が自ら民に助けをお求めになったのですから、助けてもいいんだと、皆、一歩踏み出すことも出来ましたし！　そもそも貴族は貴重だから貴族なのです‼　数は少ないですからね‼　多数決となれば分があるのはお育ちが芳しくない女帝様です」

雹は微笑む。お育ちが芳しくない——不敬とも言える物言いだけど、平民を表現するのにそんな言葉があるのかと妙に納得した。

騒動が落ち着きしばらくして、政治の立て直しに伴い国の政に関わる貴族や役人の見直しをした。いわば国家転覆を企む者には絶好の機会だけど、私の予想とは裏腹に、民は新しい女帝――皇家とはなんの血の繋がりもない部外者の平民である私に、協力的だった。

「でも私はまだ、なんの実績も残していない。周辺国が黙っているだろうか……」

「そこまでこの世は捨てたもんじゃないってことだろ」

扉の開く音が響いて、大きな包みを持った勇雲が入ってくる。扉を叩くべきでは、というか私は一応女帝なわけで、この警備体制は正しいのか。竈に視線を向ければ、彼女は「足音で分かります！」と中々怖いことを言った。

「尊き俺が教えてやろう」

そして勇雲の背後から、蛍雪の声がした。

「勇雲…それに蛍雪まで……」

「お育ちが芳しくない新女帝に、至高の存在の俺が教えてやろう」

ふん、と鼻を鳴らす蛍雪は、机の上に置いてある桃の実の置物のそばに、花と鳥の置物、魚の置物をそれぞれ置いた。

「この国の隣、大国の今の帝は戦を嫌う。侵略などしてこない。そして、このあたりの海を統一し、平和を保つ国もまた、戦を好まない。それどころかここ最近、皇帝が花嫁を迎え、国全体が祝い一色だ。この国の動乱を心配しても、これが好機と攻め入るような真似はしない。そしてもうひとつの隣国、桜の国でもずっと花嫁を迎えていなかった国の要人の婚儀が近い。どちらかといえば、この国の門出を喜ぶか、邪悪が去ったことに安堵しているか」

「戦うなんて疲れるもんね……強くも大きくもなくても、平和に生きられるなら、何でもいいし」

あくびをする雷典が蛍雪の後ろから現れたかと思えば、勇雲の持ってきた包みを解く。そうして現れたのは、立派な桐箱だった。

「あっ皆で分けるんだから、独り占めはなしだぞ！」

「濡れ衣……」

勝手に包みを解いた雷典に勇雲が注意すると、雷典は気だるげにつぶやく。その手には取り分け用の箸があった。

「悪い」

「許さない。遺憾の意」

雷典が蓋を開ける。桐の箱の中には様々な花の意匠の月餅が並んでいた。

「可愛い」

「だろ。可愛く作ったからな」

勇雲は照れくさそうに笑ったあと、懐から小箱を取り出した。

「……今日、行くんだろ、良かったら」

「ありがとう……」

私は小箱を受け取りながら礼を言い、中を確認する。紫苑の花の、月餅だ。

月餅は三つ入っている。

「あいつも行ってるだろうから、一緒に食えばいい」

「……ありがとう、勇雲」

私は政務を中断して立ち上がる。皆は、「行ってらっしゃい」と見送り、私も「行ってきます」と返した。


愛月はあの後、美美の遺体が浮かんでいた湖まで行くと、隠し持っていた毒薬を飲んで自ら命を絶った。その遺体は美美の亡骸と共に葬られ、本物の紫苑の亡骸は、皇都に移された。

紫苑が死んだ時、私は彼女のために、棺を作った。木の皮で編んだ棺だ。急ごしらえだったし、彼女の身体を守ることが第一で、見た目は良くなかったと思う。その棺を、彼女と暮らしていた家のそばの桃の木の下に埋めていた。本来、死んでしまった人の身体は、日を追うごとに形を失っていく。美美の身体は油や薬で特別な処理が施されていたから、時間の経過を感じさせなかった。しかし愛月の死後、埋葬のために水の入った棺から取り出すと、急に時間が進んだかのように、その形が崩れたらしい。幸い、その前に美美の身体に痣がないことは確認され、彼女が皇家の血を引いていなかったことは証明されていた。

「おやつを持ってきました」

皇都で最も美しい桃の花が見られる丘で、紫苑は眠っている。青く晴れた空の下、花で彩られた石碑のそばで佇む雨奏へ声をかけると、彼はゆっくりとこちらに振り返った。

「勇雲が、月餅を作ってくれました。三人で食べるのはどうかと」

「ああ、いいね」

雨奏は屈託のない笑顔を見せると、紫苑の墓にまた視線を移す。

「お供えのため……用意してくれたんだろうね。彼なりに……。感謝を、伝えないと」

「そうですね。帰った後、私もまた改めてお礼を言いたいです」

私は紫苑の墓に月餅を供えた後、次に雨奏に月餅を渡した。

「僕も、言いたいな。紫苑のために、ありがとうって」

雨奏は月餅を口にして、私も一口食べる。桃の風味がする白あんだ。紫苑は甘いものが好きだし、桃も好きだったから、喜んでくれるかもしれない。生で食べるのも、焼くのも煮るのも、潰して飲むことも好きだった。だからずっと、私は紫苑が死んでから、桃が食べられなかった。彼女を思い出してしまうから……。

「美味しい」

雨奏は言う。

「はい。美味しいです」

私も続ける。紫苑と一緒に食べたいと思う。きっと、一緒に食べてるのに。

「……ひとつ聞いてもいいかな」

「なんでしょう」

「どうして、僕が目的を持って行動していると思ったの？　僕は紫苑を想っていたことを誰にも悟られないようにしていたし……証拠はないよね？」

雨奏が問う。彼が愛月や美美の失脚をもくろんでいた絶対的な証拠は、実のところない。だから雨奏は信用ならないと鋭い指摘を受けることもある。

「確かに、絶対的な証拠はない。でも」

「でも？」

「紫苑も、花を水に浮かべていた」

紫苑は、野菜を育てる時、摘花した花を、可哀想だからと言って水を貯めた鉢に浮かべていた。

雨奏も同じように鉢にはった水に花を浮かべていた。

「それに、貴方の言葉に、紫苑の言葉があった――凍てついた雪が解け、雨に至り、人に恵みをもたらす。雪は儚く、空を舞う姿は美しい。しかし降り積もった雪も、やがて跡形もなく溶けていく。やがて、その雪解けの水で人は命を繋いでいく。美しい流れ――紫苑は私によくそう言っていた。幼少期からの、彼女の口癖だったんですね」

貧しさ雪や嵐を憎む私に、紫苑が贈ってくれた言葉。

「君は紫苑のことが、とても好きなんだね」

「……はい」

紫苑が好きだ。大切な、大切な存在だ。

「私も質問してもいいですか」

「どうぞ」

「私が偽物だと、すぐに分かったでしょう。目的も分からぬままに泳がしていたのは、どうしてですか」

雨奏と紫苑は、幼い頃から交流があった。ならば私の態度で偽物だとすぐに分かったはずだ。にもかかわらず、泳がせていた。雨奏には愛月に復讐するという目的があったにせよ、私がその目的を邪魔する可能性もあったはずだ。

「花手水を落花と呼ぶのは、紫苑の癖だ。あと――君と同じ理由だよ」

「え」

「紫苑に通じるものがある。紫苑と過ごした人間だと、すぐに分かった。話の仕方や、受け答えが紫苑を思わせる時があったから。紫苑から話し方を勉強したんだろう」

「そこまで分かりますか」

「ああ。だから言っただろう。僕たちは協力し合えるって」

雨奏と初めて会った時の彼の言葉を思い出す。確かに、言われた。

「でも催淫作用のあるお茶を淹れていたではないですか」

「警告のつもりだった。僕に近づくなという」

「調香や調薬の心得が？」

「あらゆることを、想定していたからね……紫苑は望まないけれど」

雨奏は目を閉じ、何かに思いを馳せているようだったが、すぐに目を開け、残りの月餅を食べ終えると、こちらに振り向いた。

「紫苑の望みを、叶えてくれてありがとう」

「私は何も」

「思い出させてくれた。紫苑が何を望むか」

「雨奏様が生きることを、紫苑は望むので、だから私は、紫苑の望みを叶えたまでです」

「そっか」

雨奏は苦笑する。笑われるようなことは何も言っていないのに。

「負けるつもりは無いからね」

「戦うつもりはないのですが」

「紫苑への想いだよ」

「それは受けて立ちます」

「あはは、でしょ」

雨奏はまた笑う。知らない勝負に巻き込まれたかと思ったけど、そういう勝負なら負けられない。二人の関係を全部把握してるわけじゃないけど、私は私で、彼女に助けられているから。

「じゃあ、先に戻るね」

「はい」

ゆっくりと去っていく雨奏を見送る。私は改めて、紫苑に向き直った。ただ、

「……彼はああいう姿勢なので、警戒する必要は無いと思うのですが」

桃の木に声をかける。「ふふ」と、悪戯をした子供のような含み笑いで木の陰から現れたのは、柊焉だ。

「声をかけずとも、私の存在に気付いていてくださったのですか、嬉しいです」

「彼も気付いていましたよ」

「それはどうでしょうねぇ……まぁ、彼も彼で、私と同じく復讐をし損ねてしまった身の上ですから、そこまで敵視してはいませんが」

柊焉は口角を上げ、音もなく静かにこちらに近づいてくる。私は柊焉をじっと見つめた。彼と皇家の血の繋がりは、伏せることになった。愛月の血を引いているということは、彼への反感を招きかねない。よって愛月へ反旗を翻したことから早々に幽閉された哀れな花婿として、彼の出生に関する記述はすべて葬り去った。その件に関して彼は「人生で二番目の幸福でしょうか」なんて、少しだけほっとした顔をしていた。そういえば、一番目はなんなんだろう。

「あの、ひとつお伺いしてもいいですか。答えたくないのならば、それで構わない前提ですが」

「ぜひ」

「人生の幸福について話をしていましたが、一番の幸福はなんなのですか」

「貴女に出会えたこと」

柊焉はすぐに言う。私は啞然としながら彼を見た。

「どうしましたか。私に見惚れているのですか」

「いいえ、思うことがあって」

「なんでしょう？」

「愛月のことはさておき、貴方は偽悪的に振る舞っているだけに過ぎず、私や他の花婿、全員が助かるように動いていたのでは」

　彼は花手水について私に語った。雨奏の言葉もあれど、花手水は本来同じ花を揃えるもの、と聞かなければ雨奏と紫苑の関係に確信を持てなかった。

　その一方で、美美のお菓子の件がある。彼は愛月の部下が美美を思ってのような話をしていたが、実際のところ、どうか分からない。彼は幽閉されながらも情報を集めることが出来るし、協力者も多い。

　愛月の部下の中に、柊焉の手の者がいた可能性も否定出来ない。

　でも私は、その真相を暴きたい、探りたいとは思えない。

「何を根拠に……私はそんな善人じゃない」

　柊焉の表情からは何の感情もうかがえない。

「以前貴方は、優しさを捨て、恐怖で人を導くことを絶対とした皇帝の話をしてくれました。あの皇帝は、皆の為、周囲を欺き、あえて孤独な道を選んだ。貴方も同じなのではないですか？」

「雨奏も該当しますよ」

「はい。貴方は私に皇帝の話をした。雨奏も該当します。雨奏が紫苑の為に行動していたと考える一助になりました。だからこそです」

「……え」

「皇帝の話、ただの残酷な皇帝の物語ならば、優しい皇帝が変貌した前置きはつかない。何が理由でそうなったのかも語られない。でも、優しい皇帝が国の為、人の為に変わったことが知られているのなら、それを伝えた人間が――皇帝と誰かを繋ぐ人間がいたから、皇帝の真実が伝わったはずなのです」

皇帝の真意。皇帝はきっと、自分の目的も行動の意味も、誰かに言う気は無かったはずだ。雨奏のように。でもそれを、推察し、他者に伝えた人間がいる。

「人の言葉を、誰かの想いを、伝えようとする、繋げようとする貴方みたいに」

「もしそうだと言ったら、貴方は私を好きになってくれますか？」

柊焉は問いかけてくるが、ここまで執着される理由が無い。

「大方、貴方の思う通りになったでしょう。色恋の真似事はもうやめにしたらいかがですか。幸福に関してもしかり」

柊焉の言動や行動は、私を怖がらせ、気味悪がらせて、自分の望む筋書き通りに動かそうとするためだったのだろう。すべてが終わった今、もうその必要はないはずだ。

「なぜそう思うのですか」

「私を好きになる理由が無い」

「人を好きになる理由とは」

「見目がいい、頭がいい、気立てがいい、なんらかの能力が高い、そういうものでしょう」

「ならば貴女は紫苑をそういった理由で好んだのですか」

「いや、違う」

私は首を横に振る。思わず彼女と暮らしていたそのままの口調が出てしまった。

「この世界は嫌なことばかりで、途方もなく面倒で疲れる。でも、生きることはそこまで悪いものじゃないと、思わせてくれるところが好きだ」

「不思議ですね」

「なにが」

「私が、貴女に想っていることと、似ている」

柊焉は慈しむように私を見る。

「私も、この世界を良く思っていなかった。一思いに壊してしまおうかと、ずっと迷っていました。手段は、色々ある。でも、面倒で疲れるけれど、一番いい手段を選ぶことが出来た。そう出来る存在に巡り合えたことは、とても幸せなように思います。たとえ、それが仕組まれたかもしれないものであっても」

「え……」

「紫苑の手帳に、後宮の地図が描かれていたのではないですか？　そして、私の居場所に目印があった……とか。隠された花婿がいることは分かっても、どこにいるかなんてそうそう分かりませんからね」

「その通りです」

地図には、後宮の見取り図のほか、花の印があった。

「紫苑は貴方を助けようとしていた」

「そうでしょうね。逃げ出さないか問われたこともありますが、私は復讐を選んだ。いつしか愛月だけでなく、この世界すべてに対して、憎悪を抱いた。この世界で生きているという認識が、薄れていった。しかし、貴女が私のもとにやってきて、いともたやすく私の世界を塗り替えてしまった。私の苦しみは、こんなに簡単に拭えるはずなどないのに。そのかわり、貴女の眼差し、些細な言葉に心かき乱されるようになってしまったのです」

「はぁ」

「……そこで貴女にひとつ、お願いがあるのですか」

私がため息をつくと改まった調子で柊焉が言う。何が「そこで」なのか分からない。先程まで紫苑の話をしていたはずだ……私が紫苑を好きだから、協力しろということだろうか。

「はい、なんでしょう?」

「名前を呼ばせてください。貴女の、本当の名前を」

「ない」

「紫苑は、貴女をずっと、ねぇとか、貴女、と呼んでいたのでしょうか」

「……」

「紫苑が貴女に名前がないまま一緒に過ごしていたとは考え難い」

柊焉は私を見据える。

「それとも、貴女は紫苑につけてもらった名前が気に入らな――」

「桃華(とうか)だ」

「桃の華ですか?」

「ああ」

柊焉はそっと私の隣に並び、桃の花を見上げる。春風で花が揺れている。

『私が死んだら、貴女が幸せになれるよう、神様と一緒に見守るから。神様が厳しいことを貴女にしようとしたら、怒る』

『罰当たりになるぞ』

『神様は信じてないいんじゃなかったの？』

『……』

『怒っても、厳しいことは起きてしまうかもしれない。でも、最後は必ず幸せになれるように神様に言うから、幸せになるまでちゃんと待っててね。貴女を守ってくれる人も助けてくれる人も、分かろうとしてくれる人も絶対にいるから、それまで、待ってて』

日課の墓参りで、彼女とはよく話をした。

「桃華」

そして今、優しい眼差しが、ゆっくりとこちらに向けられる。

紫苑は紫苑であるべきで、私はいつまでも紫苑と呼ばれ続けるべきじゃない。紫苑は紫苑で、私は私だから。

桃の華で桃華なんて、私には一番似合わない。砂利に宝石と名付けているようなものだろう。でも、

「ありがとう」

この名前を思い出させてくれた柊焉に礼を伝える。

「なら、私を終の棲家にしてくださいますか」

「貴方は場所ではないでしょう」

「私は貴女の居場所になりたいのですよ。貴女を好いているから」

余裕の言葉の中に、切実さを孕んでいた。

「私は、誰かを幸せにする資格も能力も、ない」

「そうおっしゃるということは、私を幸せにしようと考えてくださっている、ということでしょう？」

確信めいた響きを感じながらも、私は視線を逸らすことをしなかった。

名前もない、私。親すら知らない私に、愛情をくれた紫苑。

そしてそんな私に、「何者でなくても構わない」と言ってくれた、柊焉。

「隣にいてくださるだけで、私は幸せですよ」

そう言って柊焉が、私を見る。

「変な人だ」

視線を逸らさず言うと、「承諾と受け取りました」と柊焉が微笑む。

その笑みはもう、うすら寒いものではなく、温かさを感じさせた。

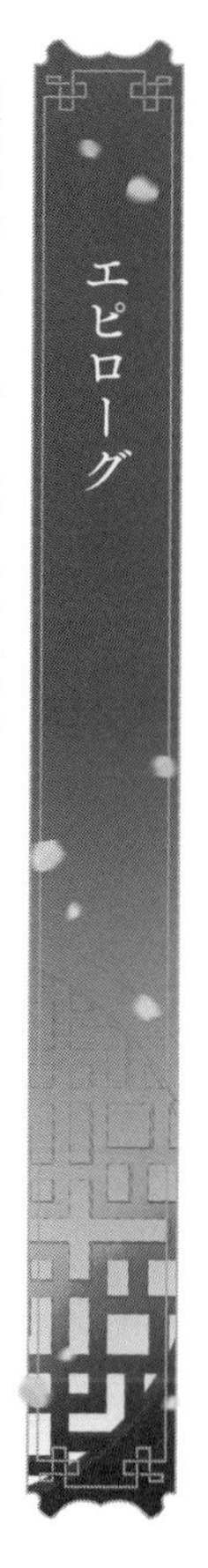

エピローグ

遥か昔、人ならざる化け物が跋扈していた頃。

奇跡のような力を持って化け物を消し去った一人の女がいた。彼女は後に虹女様と呼ばれるようになり、その血を引く者が、代々国を守ってきた。

そしてもう一人、虹女を陰ながら支えた者がいた。

虹女亡き後、途方に暮れた民を支えたその者が危機に陥ると、しばしば突風が吹いて救った。

人々は世を去ったはずの虹女が、その者を想い、守るために起こした奇跡と考えた。

恵まれない育ちながら民のために奮闘したという者の詳しい素性について研究した歴史学者もいたが、長い悠久の時を経ていることから、有力な資料は残っていない。

ただ、残っている数少ない伝承によれば、その者の名は桃華という。

逆後宮の女帝になれと強いられまして

発行日 2024年12月17日　第1刷発行

著者　稲井田そう

イラスト　鈴ノ助

編集　濱中香織（株式会社imago）
装丁　しおざわりな（ムシカゴグラフィクス）
発行人　梅木読子
発行所　ファンギルド
〒160-0022 東京都新宿区新宿2-19-1ビッグス新宿ビル5F
TEL 050-3823-2233　https://funguild.jp/
発売元　日販アイ・ピー・エス株式会社
〒113-0034 東京都文京区湯島1-3-4
TEL 03-5802-1859 / FAX 03-5802-1891
https://www.nippan-ips.co.jp/
印刷所　三晃印刷株式会社

　ISBN 978-4-910617-31-2　Printed in Japan

この作品を読んでのご意見・ご感想は
「novelスピラ」ウェブサイトのフォームよりお送りください。
novelスピラ編集部公式サイト　https://spira.jp/

著者：冬月光輝　　イラスト：夏葉じゅん

著者：結生まひろ　イラスト：鳥飼やすゆき

稀代の悪女ですが、犬猿の仲の公爵閣下と完璧王女を目指します
八色鈴
イラスト／鈴ノ助
元悪女の令嬢×堅物公爵
思わぬ運命により
出会った二人の大逆転物語
novel
スピラ
著者：八色鈴　イラスト：鈴ノ助